独学 日本語 系列
本書內容：初、中級程度

李宜蓉　編著

口訣式
日語動詞

掌握口訣
動詞變化輕鬆學！

1. 精心設計口訣，透過音感學習琅琅上口。

2. 附五十音圖表輔助解說，視覺式學習一目瞭然。

3. 各變化形搭配精選例句與習題，反覆練習加深效果。

4. 附「初、中級必備動詞變化整理表」，網羅新制日檢 N4、N5 動詞，
　　方便查詢學習。

三民書局

國家圖書館出版品預行編目資料

口訣式日語動詞／李宜蓉編著.――初版七刷.――臺
北市：三民，2022
面；　公分.――(獨學日本語系列)

ISBN 978-957-14-4516-8 （平裝）
1.日本語－動詞

803.165　　　　　　　　　　　　96005623

独学 日本語 系列

口訣式日語動詞

編 著 者	李宜蓉
發 行 人	劉振強
出 版 者	三民書局股份有限公司
地　　址	臺北市復興北路 386 號 (復北門市)
	臺北市重慶南路一段 61 號 (重南門市)
電　　話	(02)25006600
網　　址	三民網路書店 https://www.sanmin.com.tw
出版日期	初版一刷 2007 年 6 月
	初版七刷 2022 年 6 月
書籍編號	S806990
I S B N	978-957-14-4516-8

三民書局

序 言

　　鑒於筆者十多年的教學經驗，發現日文的動詞變化往往是學習者在學習上深感困難的一環。學習者經常是學了東就忘了西，並且無法融會貫通及實際運用。本書是為學習動詞的入門指導書，旨在建立學習者對動詞使用的基本概念與學會動詞變化，因此書中儘量避免使用艱澀難記的文法專門用語，而改以簡單易懂的說法與搭配適當的口訣供學習者參考，希望能讓更多日文的初級學習者了解動詞的變化方法與運用，以奠定良好的日文動詞基礎。本書將由淺入深介紹動詞的變化，先建立好學習者對動詞的變化的基礎與實力後，再介紹更進階的動詞概念。

　　本書融入筆者十餘年的教學經驗，以簡明的解說方式加以編寫。筆者在編寫本書過程中，並曾多次調查詢問學習日文的學生們意見，故本書的編排係為使用者的需求而設計，期能藉由清晰的內容架構與簡明的解說方式來提高閱讀時的學習效果，筆者謹予誠心推薦。

　　值此出版前夕，特再感謝三民書局的支持與鼓勵，讓本書得以付梓。此外，筆者從事日語教育多年，此書籍內容雖勉力為之，惟學力有限，若有疏漏，尚祈讀者先進不吝指正，俾再作補充與改進。

2007 年 5 月

李 宜 蓉

A. 關於「ます形變變變」——

「ます形變變變」是本書特別設計的一個專區，在版面風格上與本文有一些不同。

目前台灣的日語學習者大致上可分成兩種，一種學習「學校文法」，另一種則學習「新式日語教育」。兩種學習方式在動詞規則中的最大的差別之一在於學校文法以辭書形為動詞基本變化形，而新式日語教育則以ます形為動詞基本變化形。

本書主要內容以辭書形為動詞基本變化形，但為體貼新式日語教育的學習者，所以特別開闢此「ます形變變變」專區，教導新式日語教育的學習者以較熟悉的方式學會動詞變化規則。

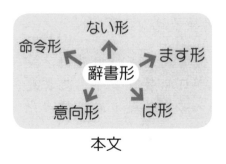

本文

「ます形變變變」

◉ **本書讀者可以依照自己的學習習慣選擇變化方式！**

B. 本書使用步驟

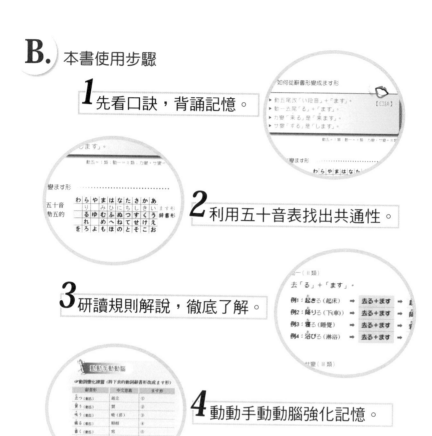

1 先看口訣，背誦記憶。

如何從辭書形變成ます形
▶ 動五尾改「い段音」+「ます」+
▶ 動一去尾「る」+「ます」+
▶ カ變「来る」是「来ます」+
▶ サ變「する」是「します」。

變ます形

| 五十音動五的 | わりるれを | らみゆめろ | やむよ | まみむめも | はにぬねほ | なにつてと | たしすせそ | さしすせそ | かきくけこ | あいますうえお |

2 利用五十音表找出共通性。

動一〔Ⅱ類〕
去「る」+「ます」。

例1：起きる（起床） ➡ 去る+ます ➡ 起
例2：降りる（下車） ➡ 去る+ます ➡ 降
例3：寢る（睡覺）   ➡ 去る+ます ➡ 寢
例4：浴びる（淋浴） ➡ 去る+ます ➡ 浴

サ變〔Ⅲ類〕

3 研讀規則解說，徹底了解。

動動手動動腦

動詞變化練習（將下表的動詞辭書形改成ます形）

動書形	中文意義	ます形
立つ（動五）	站立	①
買う（動五）	買	②
吸う（動五）	吸（菸）	③
被る（動五）	冠帽	④
書く（動五）	寫	⑤
聞く（動五）	聽、問	⑥
泳ぐ（動五）	足痛	⑦
貸す（動五）	借（給・出）	⑧
	喝	⑨

4 動動手動動腦強化記憶。

C. 關於本書中的動詞類型表記方式——

　　本書採新舊式動詞分類表記法並列的方式，適用所有學習者。

- ●動五（Ⅰ類）
- ●動一（Ⅱ類）
- ●カ變・サ變（Ⅲ類）

本文中的表記方式

- ●Ⅰ類（動五）
- ●Ⅱ類（動一）
- ●Ⅲ類（カ變・サ變）

「ます形變變變」中的表記方式

口訣式日語動詞

目　次

第三章 動詞的進階變化（其他變化形）. . 101

第一章

學習動詞變化前應有的概念

本章重點

一、認識日語句子的常體、敬體之分

二、認識日語動詞的變化形式

三、熟悉日語動詞的種類名稱

一、認識日語句子的常體、敬體之分

很多學習過日文的學生都曾有以下疑問～

：為什麼我學了這麼久的日文，還是聽不懂電視上日劇的日文呢？

在學習日語動詞變化前，我們先來探討這個問題。首先必須了解日語中句子的「常體」與「敬體」的概念。

（1）常體、敬體的概念

【口訣】

常體句尾沒有です・ます，
敬體句尾出現です・ます。

請看以下句子：

A. 学校に 行く。（要去學校。）

B. 学校に 行きます。（要去學校。）

C. 本を 読む。（看書。）

D. 本を 読みます。（看書。）

E. あれは ねこだ。（那是貓。）

F. あれは ねこです。（那是貓。）

> ＡＢ句跟ＣＤ句、ＥＦ句在基本語意上是一模一樣的，但是ＡＣＥ為常體，ＢＤＦ句則是敬體。

✏ 常體又稱普通體，敬體又稱禮貌體。

♣常體與敬體的差異

常體	敬體
·句尾沒有出現です·ます	·句尾出現です·ます
聽話者爲	聽話者爲
·身分、地位比自己低的人	·身分、地位比自己高的人
·平輩、晚輩	·平輩、晚輩亦可用
·家人、關係親近的人	·初次見面或關係疏遠的人

　　ＡＢＣＤ是動詞句，ＥＦ是名詞句，動詞句的敬體，句尾會出現「ます」，如ＢＤ；名詞句的敬體，句尾出現的是「です」，如Ｆ。而日語的句子結尾必須配合這個句子是常體或敬體的分別來作變化。

　　以例句Ａ與Ｂ爲例：

　　　　A. 学校<small>がっこう</small>に 行<small>い</small>く。
　　　　B. 学校<small>がっこう</small>に 行<small>い</small>きます。

「行<small>い</small>く」、「行<small>い</small>きます」便是同一動詞的不同變化。

　　除了動詞與名詞之外，其他如形容詞、形容動詞等也都有常體、敬體的變化。形容詞、形容動詞的敬體變化和名詞句一樣，都是句尾出現「です」。

(2) 常體、敬體在會話中的使用

【口訣】

常體、敬體的使用，決定於說話者和聽話者的關係，與話題主角（主詞）無關。

接著，我們來看一看在會話中的常體與敬體實例，進一步了解為什麼初學日文時會聽不懂日劇裡的日文。

①：田中同學
②：木村同學
③：鈴木同學
④：中村老師

田中：木村、あした 行く？（木村同學明天要去嗎？）

木村：うん、行くよ。（嗯，要去。）

田中：あした 鈴木も 行く？（鈴木同學明天也要去嗎？）

鈴木：うん、行くよ。（嗯，要去。）

田中：鈴木、あした 中村先生も 行く？

　　　（鈴木同學，中村老師明天也要去嗎？）

鈴木：うん、行くよ。（嗯，也要去。）

➡ 解説

　田中、木村、鈴木三者的關係是同學，說話者與聽話者

是平輩關係，因此他們彼此的對話所使用的語氣可使用常體。

①：中村老師
②：鈴木同學
③：李老師

鈴木：先生、あした 行きますか。（老師明天要去嗎？）

中村老師：ええ、行くよ。（嗯，要去。）

中村老師：鈴木、あした 行く？（鈴木同學明天要去嗎？）

鈴木：はい、行きます。（是，要去。）

鈴木：先生、あした 李先生も 行きますか。

　　　（老師，李老師明天也要去嗎？）

中村老師：ええ、行くよ。（嗯，也要去。）

➡ 解説

　　鈴木與中村彼此的關係是晚輩和長輩的關係，所以當鈴木回答或詢問中村時使用的語氣須是敬體；而中村回答或詢問鈴木時使用常體即可。

①：中村老師
②：李老師
③：木村同學

中村老師：李先生、あした　行きますか。

（李老師要去嗎？）

李　老師：はい、行きます。（要，要去）

中村老師：李先生、木村君は、行きますか。

（李老師，木村同學要去嗎？）

李　老師：はい、行きます。（要，要去）

➡ 解説

中村與李是同事但又同屬老師的職位，為了表示對對方的敬意，彼此通常會使用敬體的語氣。

在看完上列的實例與解說後，是否大概可以了解為什麼日劇中聽到的日語往往聽不懂呢？除了是你學習的字彙不夠外，另外就是**在日語的對話中，時常因聽話者與說話者本身之間的關係，而適時地切換常體或敬體的交叉使用。**

簡單地說，這些常體或敬體的語氣的使用是決定於「說話者和聽話者的關係」，但是與話題主角（主詞）無關。所以初級的日語教科書一般都會從「敬體」先教，如「名詞＋です」（学生です）、「動詞ます形」（行きます）等。這樣一來，無論聽話對象是誰，使用上就都不會失禮。

✏ 有關常體與敬體的詳細說明請見第四章〈敬語〉一節。

說到這裡，相信你心中應該有了基本的概念——日語和中文不同，**日語的動詞會變化**。那麼怎麼變呢，有沒有規則呢？留待下一節再說明。

動動手動動腦

① 動詞常體、敬體的使用，主要是決定在＿＿＿＿＿＿與＿＿＿＿＿之間的關係。與話題的＿＿＿＿＿無關。

② 常體的使用對象是聽話者為說話者的＿＿＿＿＿或＿＿＿＿＿及關係親近的人時。

③ 敬體的使用對象是聽話者為說話者的＿＿＿＿＿或＿＿＿＿＿及關係疏離的人且包括初次見面的人時。

★解答在P.24

二、認識日語動詞的變化形式

（1）日語動詞的特性

> 規則變化只有最後一個字變，
> 不規則變化全部都要變。

【口訣】

　　上一節提到日語動詞有常體與敬體的變化，這一節就要告訴你該怎麼變，有沒有規則？ 請看下表～

在常體句中的結尾動詞		在敬體句中的結尾動詞
買^かう　　（買） 貸^かす　　（借） 帰^{かえ}る　　（回家）	第Ⅰ類	買^かいます　（買） 貸^かします　（借） 帰^{かえ}ります　（回家）
起^おきる　（起床） 寝^ねる　　（睡覺） 食^たべる　（吃）	第Ⅱ類	起^おきます　（起床） 寝^ねます　　（睡覺） 食^たべます　（吃）
来^くる　　（來） する　　（做）	第Ⅲ類	来^きます　　（來） します　　（做）

➡ 解說

　　仔細觀察日語動詞的變化，會發現有些可以找出一定的規則，但也有些完全找不出規則。事實上，根據變化的形

式，可以將日語動詞分成三大類。

由常體變成敬體時──

✓ **第 I 類** 動詞的最後一個字變化，然後接ます。
✓ **第 II 類** 最後一個字都是る，る變成ます。
✓ **第 III 類** 整個字都變化。

第 I 類動詞和第 II 類動詞屬於規則變化，第 III 類動詞為不規則變化。簡單的記憶方式是 **規則變化的動詞只有最後一個字變**，**不規則變化的動詞全部都變**。

注意：

所謂第 I 類動詞又稱「五段活用動詞」，第 II 類動詞又可分為「上一段動詞」與「下一段動詞」，第 III 類動詞則有「カ變動詞」與「サ變動詞」。

✐ 詳細說明請見本章第三節＜熟悉日語動詞的種類名稱＞。

(2) 字典的動詞原形：辭書形

> 動詞原形（辭書形）的詞尾落在「う段音」。 【口訣】

　　變化必須有個基準，也就是日語動詞的原形。所謂動詞原形，指的是動詞各種變化的原始形態，因爲也是我們在字典中看到的動詞形態，所以又稱辭書形（日語的「<ruby>辞書<rt>じしょ</rt></ruby>」即爲字典之意）。

♣動詞原形（辭書形）例

第Ⅰ類	<ruby>買<rt>か</rt></ruby>う、<ruby>貸<rt>か</rt></ruby>す、<ruby>帰<rt>かえ</rt></ruby>る
第Ⅱ類	<ruby>起<rt>お</rt></ruby>きる、<ruby>降<rt>お</rt></ruby>りる、<ruby>寝<rt>ね</rt></ruby>る、<ruby>食<rt>た</rt></ruby>べる
第Ⅲ類	<ruby>来<rt>く</rt></ruby>る、する

　　辭書形有個特徵，但是在說明之前，我們要先來複習一下五十音表！

w	r	y	m	h	n	t	s	k	←子音／↓母音
わ	ら	や	ま	は	な	た	さ	か	あ	a あ段
	り		み	ひ	に	ち	し	き	い	i い段
	る	ゆ	む	ふ	ぬ	つ	す	く	う	u う段
	れ		め	へ	ね	て	せ	け	え	e え段
を	ろ	よ	も	ほ	の	と	そ	こ	お	o お段

ら行　や行　ま行　は行　な行　た行　さ行　か行　あ行

　　構成日語五十音的基本母音是 /a/、/i/、/u/、/e/、/o/，正好是假名「あ、い、う、え、お」的發音。所以位於第一層橫向的「あ、か、さ、た、な、は、ま、や、ら、わ」以 /a/ 為母音的假名便稱作「あ段音」。以下「い段音」、「う段音」、「え段音」「お段音」以此類推。而縱向的「あ、い、う、え、お」則稱為「あ行」，「か、き、く、け、こ」稱為「か行」，其他以此類推。

- -

　　接下來，請一邊觀察左頁中的動詞例，一邊參照五十音表。有沒有發現一個規則？——原來**日語的動詞原形不分第Ⅰ類、第Ⅱ類還是第Ⅲ類，詞尾都是落在「う段音」！**

う、す、る…
真的吔！

：原形叫做辭書形，那其他變化方式又叫什麼形？
動詞的變化形又到底有幾種呢？

這是個好問題！日語的動詞主要有以下變化形。（以動詞「書く」為例）

變化形	日本學校 文法稱法	新式日語 教育稱法	說　明
書かない	未然形＋ない	ない形	☞「書く」的否定
書きます	連用形＋ます	ます形	☞「書く」的敬體
書く	終止形	辭書形	☞「書きます」的常體
書く	連體形		
書け	命令形	命令形	☞ 命令語氣
書けば	假定形＋ば	ば形	☞ 假設語氣
書こう	未然形＋う	意向形	☞ 表勸誘或表意志
書いて	連用形＋て	て形	☞ 常使用在句子中間的形
書いた	連用形＋た	た形	☞「書く」的過去式

　　日本學校在教文法時，對動詞變化形的稱呼很複雜，如果把這一套直接拿來教外國人，可能會把很多人嚇跑。所以新式日語教育（主要是針對外國人的日語教育）改採簡化的方式，基本上以**看到詞尾是什麼就是什麼形**來稱呼。

所以——

〜ます是→ <u>ます形</u>；

〜て 是→ <u>て形</u>；

〜た 是→ <u>た形</u>；

〜ない是→ <u>ない形</u>；

〜ば 是→ <u>ば形</u>。

用來下命令的叫做→ <u>命令形</u>；

表示意志的形叫做→ <u>意向形</u>，因為詞尾是(よ)う，所以也叫做→ <u>(よ)う形</u>。

✐ 或許有人聽過「普通形」（或稱常體形）這樣的說法，其實就是辭書形、ない形、た形（〜なかった形）的合稱。

動動手動動腦

① 規則變化的動詞包含_____類動詞及_____類動詞，不規則變化的動詞為_____類動詞。

② 任何動詞的辭書形最後一個字都是落在_____。

③ 動詞變化形中，「書<ruby>書<rt>か</rt></ruby>きます」是_____形，「<ruby>書<rt>か</rt></ruby>かない」是_____形，「<ruby>書<rt>か</rt></ruby>く」是_____形。

★解答在P.24

三、熟悉日語動詞的種類名稱

(1) 五大類與三大類的概念

了解動詞有哪些變化形後,接著就可以來介紹動詞種類的辨識。

日語動詞有五大類與三大類兩種分類法。日本學校文法採取的是五大類,新式日語教育採取的是三大類。

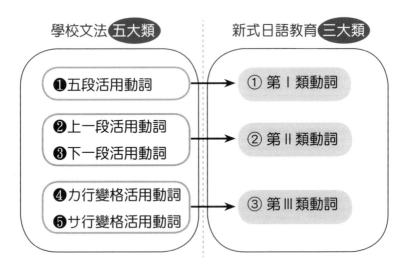

日本的學校文法依據變化時的規則,將動詞分為五大類:

❶五段活用動詞　　❷上一段活用動詞　　❸下一段活用動詞
❹カ行變格活用動詞　　❺サ行變格活用動詞。

✏ 活用是日語的說法,意思是指變化。

　　但是，為了讓外國人能簡易地學習，新式日語教育便將動詞簡單分為三大類，即：

① 將五段活用動詞稱做「第Ⅰ類動詞」
② 將上、下一段活用動詞合稱做「第Ⅱ類動詞」
③ 將力行、サ行變格活用動詞合稱做「第Ⅲ類動詞」

　　：也就是說，五大類和三大類是一樣的囉！

　　沒錯！五大類與三大類雖然稱呼上不同，但內容是一樣的。

　　：五段活用、上一段下一段、力行サ行變格‧‧‧
　　　好奇怪的名稱‧這些名稱是怎麼來的？

　　別著急，現在就為你解答。

(2) 日語動詞名稱的由來

> ▶ 動五詞尾在「う段音」，變化五段音皆用。　　【口訣】
> ▶ 動一詞尾落「る」字，「る」前字落「い」「え」段。
> ▶ 力變「来る」一個字，發音全在「か」行上。
> ▶ サ變「する」一個字，發音全在「さ」行上。

動五＝Ⅰ類；動一＝Ⅱ類；力變‧サ變＝Ⅲ類

➡ 「五段活用動詞」（第1類動詞）的名稱由來

仔細觀察下方的五段活用動詞的變化形，一邊對照五十音表。以例1來說，比照後可以發現，動詞變化表中變化部分的綠色字體「か、き、く、け、け、こ」，**充分用到了**か行的「か、き、く、け、こ」**五段的音**，這一類動詞因此稱做「五段活用動詞」，以下簡稱「動五」。

♣ 五段活用動詞的變化形

例1	例2	例3	例4	
書かない	読まない	遊ばない	踊らない	ない形
書きます	読みます	遊びます	踊ります	ます形
書く	読む	遊ぶ	踊る	辞書形
書け	読め	遊べ	踊れ	命令形
書けば	読めば	遊べば	踊れば	ば形
書こう	読もう	遊ぼう	踊ろう	意向形

わ	ら	や	ま	は	な	た	さ	か	あ	
	り		み	ひ	に	ち	し	き	い	い段
	る	ゆ	む	ふ	ぬ	つ	す	く	う	
	れ		め	へ	ね	て	せ	け	え	え段
を	ろ	よ	も	ほ	の	と	そ	こ	お	

か行

➡「上下一段活用動詞」(第II類動詞) 的名稱由來

接著看看下方的上下一段活用動詞的變化形，此類動詞的變化不像「動五」一樣充分利用了五段音做變化。但是這些動詞有個特色是**辭書形詞尾一定是「る」。而且「る」的前一個字只會落在「い段音」或「え段音」上**，如下表「起きる」的「き」，「入れる」的「れ」。

♣上、下一段活用動詞的變化形

上一段活用動詞		下一段活用動詞		
例1	例2	例1	例2	
起きない	降りない	食べない	入れない	ない形
起きます	降ります	食べます	入れます	ます形
起きる	降りる	食べる	入れる	辭書形
起きろ	降りろ	食べろ	入れろ	命令形
起きれば	降りれば	食べれば	入れれば	ば形
起きよう	降りよう	食べよう	入れよう	意向形

落在「い段音」，對「る」來說是上一段的音，這類動詞就稱做「上一段活用動詞」。相對的，若是「る」的前一個字是落在「え段音」，對「る」來說就是下一段的音，這類動詞因此稱做「下一段活用動詞」。

上下一段活用動詞以下簡稱「動一」。

例外

但是要提醒你，就算辭書形的詞尾是「る」，且前一個字落在「い段音」或是「え段音」，也未必一定是動一（II類），少數具有這樣條件的動詞卻是動五（I類）哦。例如下面這些例子：

切る（切；剪）	要る（需要）	蹴る（踢）	帰る（回去）
切らない	要らない	蹴らない	帰らない
切ります	要ります	蹴ります	帰ります
切る	要る	蹴る	帰る
切れ	要れ	蹴れ	帰れ
切れば	要れば	蹴れば	帰れば
切ろう	要ろう	蹴ろう	帰ろう

這些動詞都是以「る」爲詞尾，而且「る」前面的音不是落在「い段」就是落在「え段」，可是仔細看這幾個動詞的變化形，卻是る行的**「ら、り、る、れ、ろ」五段的音，所以這些動詞其實是動五（I類）。**

幸好這樣的例外動詞不多，除了前面列出的這四個之外，初中級常見的動詞中還有「知る（知道）」、「入る（進入）」、「走る（跑）」、「減る（減少）」、「滑る（滑；打滑）」等幾個動詞是屬於例外的動五（I類），只要把這幾個記起來就不用怕了！

但是相反的，如果一個以「る」爲詞尾的動詞，而「る」的前一個字是落在「あ段音」、「う段音」、「お段音」的話，那麼別懷疑它們一定是動五（Ⅰ類）。舉例說明如下，請注意「る」的前一個字在五段音的位置。

掛かる（掛著）
掛からない
掛かります
掛かる
掛かれ
掛かれば
掛かろう

降る（下雨）
降らない
降ります
降る
降れ
降れば
降ろう

起こる（發生）
起こらない
起こります
起こる
起これ
起これば
起ころう

上列動詞「る」的前一字「か、ふ、こ」分別是在「あ、う、お」段音上，所以絕對不會是動一（Ⅱ類）。

→ 「カ行變格活用動詞」「サ行變格活用動詞」(第Ⅲ類動詞)
　的名稱由來

　　第Ⅲ類動詞是カ變動詞和サ變動詞，這類動詞**不只詞尾會變化，而是整個字的發音都改變**，因爲是不規則變化，所以稱做「變格活用」。不過不用怕，カ變動詞和サ變動詞雖然是不規則變化，但是<u>各只有一個字</u>，所以就直接背下來吧！

♣カ行變格活用動詞的變化形

来る <ruby>来<rt>く</rt></ruby>る	ない形	ます形	辭書形	命令形	假定形	意向形
	<ruby>来<rt>こ</rt></ruby>ない	<ruby>来<rt>き</rt></ruby>ます	<ruby>来<rt>く</rt></ruby>る	<ruby>来<rt>こ</rt></ruby>い	<ruby>来<rt>く</rt></ruby>れば	<ruby>来<rt>こ</rt></ruby>よう

　　「カ變動詞」僅有一個動詞「<ruby>来<rt>く</rt></ruby>る」(來)。漢字「来」的發音會隨動詞變化而改變，但發音皆在「か行」上。

♣サ行變格活用動詞的變化形

する	ない形	ます形	辭書形	命令形	假定形	意向形
	しない	します	する	しろ	すれば	しよう

　　「サ變動詞」僅有一個動詞「する」(做)。其動詞變化都落在「さ行」上。

注意

サ變動詞「する」可以跟各種具有動作意義的名詞組成例如「<ruby>結婚<rt>けっこん</rt></ruby>する」「<ruby>帰国<rt>きこく</rt></ruby>する」之類的する動詞，家族勢力可是非常龐大的喲！

動動手動動腦

① 日文的動詞分

　a.＿＿＿＿＿＿活用動詞（或稱第Ⅰ類動詞）

　b.＿＿＿＿＿＿＿活用動詞（或稱第Ⅱ類動詞）

　c.＿＿＿＿＿變格活用動詞、＿＿＿＿＿變格活用動詞

　　（此兩種動詞合稱第Ⅲ類動詞）。

② 所謂五段活用動詞（或稱第Ⅰ類動詞）是因這一類動詞的變化是落在「＿＿＿、＿＿、＿＿、＿＿、＿＿」五段音中。

③ 上、下一段活用動詞（或稱第Ⅱ類動詞）的辭書形字尾是「＿＿」。「上一段活用動詞」是指其前一字是落在「＿＿」段音上，「下一段活用動詞」是指其前一字是落在「＿＿」段音上。

④「カ變動詞」僅有一個動詞「＿＿＿＿」。其變化皆在「＿＿」行。

⑤「サ變動詞」僅有一個動詞「＿＿＿＿」。其變化皆在「＿＿」行。

★解答在P.24

21

(3) 由ます形判斷動詞種類

：可是我學的是ます形，不是辭書形，該如何判斷動詞的種類呢？

的確，雖然動詞的原形是以「う」段音結尾的辭書形，但因為ます形具有禮貌的涵義，對初學者來說比辭書形具實用性，所以現在許多日語學習者是以ます形作為動詞學習的基本形。

這些以ます形入門的學習者，經常會遇到以下難題～

？？　不知道如何由ます形來判斷動詞種類

？？　不知如何查字典

要從一個動詞的ます形來判斷這個動詞是屬於哪一類的動詞，確實要比用辭書形判斷來得複雜一些。在此，我們歸納出一些規則，幫助你由ます形來判斷動詞種類。

♣由動詞ます形判斷動詞種類

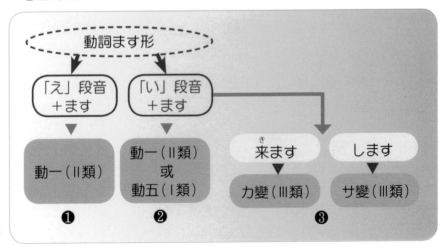

→ 解説

動詞的ます形有兩種可能，一種是「え」段音＋「ます」，一種是「い」段音＋「ます」。

❶「え」段音＋「ます」，這個動詞一定是動一（Ⅱ類）。
　例：食べます、入れます、替えます

❷「い」段音＋「ます」，這個動詞有可能是動一（Ⅱ類），也有可能是動五（Ⅰ類）。
　例：起きます、降ります、浴びます　➡ 動一（Ⅱ類）
　　　飲みます、あります、立ちます　➡ 動五（Ⅰ類）

❸カ變（Ⅲ類）只有来ます，サ變（Ⅲ類）只有します。

這樣歸納下來，我們發現只有❷的情況無法立即判斷動詞的種類，怎麼辦呢？

這時就要靠字典來求證了。

以「生きます」為例：

☞若是動五（Ⅰ類），則它的辭書形是「生く」。

☞若是動一（Ⅱ類），則它的辭書形是「生きる」。

接著查字典求證，可以發現「生きる（○）」才是正確的，而「生く（✗）」則沒有這個字。

這樣就能得到答案：「生きます」是動一（Ⅱ類）。同時也解決了「不知道動詞種類」與「不知如何查字典」兩個難題。

動動手動動腦解答

★P.7
①說話者、聽話者、主詞　②平輩、晚輩　③長輩、地位較高者

★P.13
①第Ⅰ、第Ⅱ、第Ⅲ　②う段音　③ます形、ない形、辭書形

★P.21
①a.五段　b. 上、下一段　c. カ行、サ行
②あ、い、う、え、お　　③る、い、え
④来る、か　　　　　　　⑤する、さ

動詞的基本變化與句型應用

一、辭書形：動詞的原形

(1) 基本定義

☞ 動詞出現在字典中的形態，又稱「原形」。

☞ 單獨使用時，爲常體肯定語氣，表未來的決定、習慣或事實敍述。

☞ 後面可連接名詞。

例：行く人（要去的人）、終わる時（結束的時候）

(2) 辭書形的相關應用

相關變化	意義與例句
A. 〜ことが できる	a. 表可能性。中文：能夠做〜
	b. 表能力。中文：會做〜
	a. 電話で 予約することが できる。 （可以用電話預約。）➡表可能性
	b. 日本語を 話すことが できる。 （會說日語。）➡表能力
B. 〜前に	（做某事）前
	例：寝る前に 歯を 磨く。（睡覺前要刷牙。）
C. 〜ことも ある	有時會（做某事）
	例：自分で 料理を 作ることも ある。 （有時會自己做菜。）

「ます形變變變」專為習慣以ます形轉換其他變化形的讀者所設計，
如果你習慣以辭書形來轉換其他形，則此部分可以跳過不看喔！

如何從ます形變成辭書形

：現在很多日語學習書的單字表都是動詞ます形，
那要如何變成辭書形呢？

【口訣】

▶ Ｉ類去「ます」，「い段音」回「う段音」。
▶ Ⅱ類去「ます」＋「る」。
▶ Ⅲ類「来ます」是「来る」，「します」是「する」。

Ⅰ類＝動五；Ⅱ類＝動一；Ⅲ類＝力變・サ變

➡ ます形變辭書形

請對照五十音
表，找出Ⅰ類的
變化規則。

わ	ら	や	ま	は	な	た	さ	か	あ	
	り		み	ひ	に	ち	し	き	い	ます形
	る	ゆ	む	ふ	ぬ	つ	す	く	う	辞書形
	れ		め	へ	ね	て	せ	け	え	
を	ろ	よ	も	ほ	の	と	そ	こ	お	

● Ⅰ類（動五）

去「ます」，將「い段音」改成「う段音」。

例1：買います（買） ➡ 去ます；い→う ➡ 買う

例2：貸します（借出） ➡ 去ます；し→す ➡ 貸す

例3：読みます（閱讀） ➡ 去ます；み→む ➡ 読む

例4：帰ります（回家） ➡ 去ます；り→る ➡ 帰る

例5：行きます（去） ➡ 去ます；き→く ➡ 行く

● II類（動一）

去「ます」＋「る」。

例1：起^おきます（起床） ➡ 去ます＋る ➡ 起^おきる

例2：降^おります（下(車)） ➡ 去ます＋る ➡ 降^おりる

例3：寝^ねます（睡覺） ➡ 去ます＋る ➡ 寝^ねる

例4：あげます（給，送） ➡ 去ます＋る ➡ あげる

● III類（力變・サ變）

直接變。

力變：来^きます（來） ➡ 直接變 ➡ 来^くる

サ變：します（做） ➡ 直接變 ➡ する

動動手動動腦

☞動詞變化練習（將下表的動詞ます形改成辭書形）

ます形	中文意義	辭書形
歌<ruby>うた</ruby>います〔Ⅰ類〕	唱歌	①
洗<ruby>あら</ruby>います〔Ⅰ類〕	洗	②
遊<ruby>あそ</ruby>びます〔Ⅰ類〕	遊玩	③
聞<ruby>き</ruby>きます〔Ⅰ類〕	聽；問	④
立<ruby>た</ruby>ちます〔Ⅰ類〕	站立	⑤
送<ruby>おく</ruby>ります〔Ⅰ類〕	寄送；送行	⑥
降<ruby>ふ</ruby>ります〔Ⅰ類〕	下（雨）	⑦
売<ruby>う</ruby>ります〔Ⅰ類〕	賣	⑧
落<ruby>お</ruby>ちます〔Ⅱ類〕	掉落；降低	⑨
締<ruby>し</ruby>めます〔Ⅱ類〕	繫緊	⑩
生<ruby>う</ruby>まれます〔Ⅱ類〕	出生	⑪
浴<ruby>あ</ruby>びます〔Ⅱ類〕	淋浴	⑫
晴<ruby>は</ruby>れます〔Ⅱ類〕	天晴	⑬
来<ruby>き</ruby>ます〔Ⅲ類〕	來	⑭
します〔Ⅲ類〕	做	⑮

Ⅰ類＝動五；Ⅱ類＝動一；Ⅲ類＝カ變・サ變

★解答在P.96

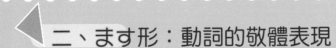

二、ます形：動詞的敬體表現

(1) 基本定義

☞動詞辭書形的敬體（辭書形如何變ます形見p.34）。

例：田中さんは 音楽を 聞く。　　➡常體

田中さんは 音楽を 聞きます。　➡敬體

（田中先生要聽音樂。）

☞用於表未來的決定、習慣或事實敘述。

☞ます形本身有各種變化，這些變化等於動詞各變化(活用)形的敬體形態。

A. 〜ました	「た形」的敬體，表過去式。中文：〜（做）了 ※聞いた(常體) ➡ 聞きました(敬體)
	例：もう テープを 聞きました。 （已經聽了錄音帶。）
B. 〜ません	「ない形」的敬體，表否定。中文：沒（做）〜 ※聞かない(常體) ➡ 聞きません(敬體)
	例：田中さんは 音楽を 聞きません。 （田中先生不聽音樂。）
C. 〜ません 　　でした	「た形」的否定的敬體，表否定的過去式。中文：沒（做）〜 ※聞かなかった(常體) ➡ 聞きませんでした(敬體)
	例：きのう テープを 聞きませんでした。 （昨天沒有聽錄音帶。）

D. ～ませんか	「ない形」的敬體＋疑問助詞「か」，用詢問的語氣邀請他人。中文：不～嗎？ ※聞かないか（常體）➡ 聞きませんか（敬體）
	例：一緒に 聞きませんか。 　　（要不要一起聽呢？）
E. ～ましょう	「意向形」的敬體，表贊成或勸誘的語氣。 ※聞こう（常體）➡ 聞きましょう（敬體）
	例：A 一緒に テニスを しませんか。 　　（要不要一起打網球呢？） 　　B ええ、しましょう。　➡表贊成 　　（好，一起打吧。） 例：ちょっと 休みましょう。➡表勸誘 　　（休息一下吧。）

（2）ます形去ます（＝Ｖます）的相關應用

所謂「ます形去ます」，以「聞きます」為例
就是：　聞きます ⇄ 聞き
　　　　（ます形）　（ます形去ます）

　　動詞ます形去掉「ます」之後，可以連接其他語詞搭配出各式各樣的涵義。以下介紹一些初級～中級常見的相關應用。不過須注意的是，當**動詞ます形去掉「ます」之後，就不再具有敬體意義**了喔！

相關變化	意義與例句
A. 〜たい	用於表欲望的語氣。中文：想要做〜 ※此用法的主詞僅限於第一人稱，或用來詢問第二人稱時使用。第三人稱並不適用！ 例：田中さん、何を 買いたい？ （田中先生你想買什麼？） 私は 台湾の お土産を 買いたい。 （我想買台灣的土產。）
B. 〜たがる	用於表欲望的語氣。中文：想要做〜 ※為A.的「〜たい」延伸用法，用於一般泛稱（如女人、小孩等）或第三人稱（他、那個人等）。不過後者通常作「〜たがっている」的形式。 例：子供は お菓子を 食べたがる。 （小孩都愛吃點心。） 例：田中さんは 台湾のお土産を 買いたがっている。 （田中先生想買台灣的土產。）
C. 〜ながら、…	表「一邊做〜一邊做…」。 例：コーヒーを 飲みながら、雑誌を 読みます。 （一邊喝咖啡，一邊看雜誌。）
D. 〜そうだ	表說話者根據眼前看到的事物，所做出的判斷。中文：（看起來）好像〜的樣子 例：今なら 間に合いそうだ。 （現在的話好像來得及的樣子。）

E. ～すぎる	表「超出一般程度」的語氣。 中文：太過於～；過度～
	例：ゆうべ 飲みすぎました。 （昨晚喝太多了。）
F. ～方	表～的方法。
	例：書き方（寫法）、教え方（教法）
G. ～やすい	表「簡單、容易」的意思。
	例：先生の 説明は 分かりやすい。 （老師的說明很容易懂。）
H. ～にくい	表「困難、不容易」的意思。 與「～やすい」意思相反。
	例：この辞書は 使いにくい。 （這本字典很難用。）
I. (場所)へ ＋[目的]に ＋來往動詞	表去或來某地點做某事。 ※「に」前面表 [目的] 接續的是～ a.「ます形去ます」 b. 具有動詞意義的名詞。如：結婚、練習、見学…
	a. 喫茶店へ コーヒーを 飲みに 行きます。 （去咖啡廳喝咖啡。） b. デパートへ 買い物に 行きます。 （去百貨公司買東西。）

　另有「お～する」及「お～になる」等也是常見用法，
請見第四章＜敬語＞一節。

（3）如何從辭書形變成ます形

【口訣】

▶ 動五尾改「い段音」＋「ます」。

▶ 動一去尾「る」＋「ます」。

▶ カ變「来る」是「来ます」。

▶ サ變「する」是「します」。

動五＝Ⅰ類；動一＝Ⅱ類；カ變・サ變＝Ⅲ類

➡ 辭書形變ます形 ······································

請對照五十音表，找出動五的變化規則。

わ	ら	や	ま	は	な	た	さ	か	あ	
	り		み	ひ	に	ち	し	き	い	ます形
る	ゆ	む	ふ	ぬ	つ	す	く	う	辞書形
	れ		め	へ	ね	て	せ	け	え	
を	ろ	よ	も	ほ	の	と	そ	こ	お	

● 動五（Ⅰ類）

詞尾「う段音」改成「い段音」＋「ます」。

例1：買う（買） ➡ う→い＋ます ➡ 買います

例2：貸す（借出） ➡ す→し＋ます ➡ 貸します

例3：読む（閲讀） ➡ む→み＋ます ➡ 読みます

例4：帰る（回家） ➡ る→り＋ます ➡ 帰ります

例5：行く（去） ➡ く→き＋ます ➡ 行きます

●動一（Ⅱ類）

去「る」＋「ます」。

例1：起きる（起床）　➡　去る＋ます　➡　起きます

例2：降りる（下（車））　➡　去る＋ます　➡　降ります

例3：寝る（睡覺）　➡　去る＋ます　➡　寝ます

例4：浴びる（淋浴）　➡　去る＋ます　➡　浴びます

●カ變・サ變（Ⅲ類）

直接變。

カ變：来る（來）　➡　直接變　➡　来ます

サ變：する（做）　➡　直接變　➡　します

- -

　　　注意辭書形以「る」結尾的動詞可能是動一（Ⅱ類），也可能是動五（Ⅰ類），筆者以多年的教學經驗建議動詞初學者在一開始接觸動詞時，最好從動詞的辭書形開始唸到ます形，並且要唸出聲音來，如此一來音感就會產生，便會自然而然地記住這些動詞是屬於哪一類了。

　　舉例如下：

比方說，從動詞的辭書形開始唸到ます形——

買_かう　→　買_かいます　（買）
読_よむ　→　読_よみます　（閱讀；唸）
帰_{かえ}る　→　帰_{かえ}ります　（回家）
換_かえる→　換_かえます　（更換）

➡ 當「る」會變成「り」＋「ます」的動詞就是動五（Ⅰ類）

如：帰_{かえ}る　→帰_{かえ}ります　（回家）
　　終_おわる→終_おわります（結束）

➡ 當「る」直接去掉＋「ます」的動詞就是動一（Ⅱ類）

如：換_かえる→換_かえます　（更換）
　　浴_あびる→浴_あびます　（淋浴）

這樣懂了嗎？

動動手動動腦

☞動詞變化練習（將下表的動詞辭書形改成ます形）

辭書形	中文意義	ます形
立^たつ〔動五〕	站立	①
買^かう〔動五〕	買	②
吸^すう〔動五〕	吸（菸）	③
撮^とる〔動五〕	照相	④
書^かく〔動五〕	寫	⑤
聞^きく〔動五〕	聽；問	⑥
会^あう〔動五〕	見面	⑦
押^おす〔動五〕	推；按，壓	⑧
飲^のむ〔動五〕	喝	⑨
あげる〔動一〕	給，送	⑩
借^かりる〔動一〕	借（入）	⑪
見^みせる〔動一〕	給人看	⑫
覚^{おぼ}える〔動一〕	記憶；背誦	⑬
調^{しら}べる〔動一〕	調查	⑭
疲^{つか}れる〔動一〕	疲累	⑮

動五＝Ⅰ類；動一＝Ⅱ類；カ變・サ變＝Ⅲ類

★解答在P.96

37

☞相關應用練習

①木村先生是明天下午到達台灣。【着く〔動五〕】
　木村さんは あしたの 午後 台湾に（　　　　）。
　❶着きました　　　　　　❷着きません
　❸着くます　　　　　　　❹着きます

②我不這麼認為。【思う〔動五〕】
　私は そう（　　　　）。
　❶思いました　　　　　　❷思いにくい
　❸思いません　　　　　　❹思いましょう

③要不要一起喝杯咖啡？【飲む〔動五〕】
　一緒に コーヒーを（　　　　）。
　❶飲みます　　　　　　　❷飲みませんか
　❸飲みましたか　　　　　❹飲みません

④我沒有送朋友生日禮物。【あげる〔動一〕】
　友達に 誕生日の プレゼントを（　　　　）。
　❶あげます　　　　　　　❷あげませんか
　❸あげました　　　　　　❹あげませんでした

⑤我想旅行。【旅行する〔サ變〕】
　私は（　　　　）。
　❶旅行したい　　　　　　❷旅行します
　❸旅行したかった　　　　❹旅行でした

⑥我想學做菜。【習う〔動五〕】
　私は 料理を（　　　　）。
　❶習いました　　　　　　❷習います
　❸習いたい　　　　　　　❹習いたかった

⑦請告訴我這個藥的吃法。【飲む〔動五〕：喝；吃（藥）】

この薬の（　　　　　）を 教えて ください。

❶飲み方　　　　　　　　❷飲む方
❸飲め方　　　　　　　　❹飲た方

⑧昨晚晚餐吃太多了。【食べる〔動一〕】

ゆうべ 晩ごはんを（　　　　　）。

❶食べます　　　　　　　❷食べる
❸食べすぎます　　　　　❹食べすぎました

⑨這種皮包好用。【使う〔動五〕】

このかばんは（　　　　　）です。

❶使いました　　　　　　❷使いたい
❸使いにくい　　　　　　❹使いやすい

⑩那把椅子很難坐。【座る〔動五〕】

その椅子は（　　　　　）。

❶座りにくい　　　　　　❷お座りに なります
❸座りながら　　　　　　❹座ります

⑪去超市買青菜。【買う〔動五〕】

スーパーへ野菜を（　　　　　）に行きます。

❶買う　　　　　　　　　❷買い
❸買います　　　　　　　❹買うます

⑫下星期要到東京考試。【受ける〔動一〕：接受】

来週 東京へ 試験を（　　　　　）に行きます。

❶受け　　　　　　　　　❷受ける
❸受けり　　　　　　　　❹受けます

★解答在P.96

三、て形：常使用在句子中間的形

(1) 基本定義

☞動詞出現在句子中間時經常採用的變化形。意思有：

① 表示動作的連接

例：家<ruby>いえ</ruby>に 帰<ruby>かえ</ruby>って 勉強<ruby>べんきょう</ruby>する。 （回家唸書。）

② 表示原因、理由

例：病気<ruby>びょうき</ruby>に なって 会社<ruby>かいしゃ</ruby>を 休<ruby>やす</ruby>む。（因生病而向公司請假。）

③ 表示手段、方法

例：歩<ruby>ある</ruby>いて 会社<ruby>かいしゃ</ruby>に 行<ruby>い</ruby>く。 （走路去公司。）

☞用於句尾時，是說話者要求聽話者做某事的語氣，為常體。

例：ほら、見<ruby>み</ruby>て。 （喂，你瞧。）

例：田村君<ruby>たむらくん</ruby>、コーヒーを 飲<ruby>の</ruby>んで。 （田中，喝咖啡。）

☞辭書形如何變て形見p.44。

(2) て形的相關應用

　　動詞て形除了本身有多種意思之外，還可以跟非常多的語詞搭配，產生更多樣變化。以下介紹一些初級～中級經常使用的相關應用。

　　另有「～て あげる」「～て もらう」「～て くれる」等也是常見用法，這部分請見第四章＜授受表現＞。

相關變化	意義與例句
A. 〜て 　　ください	中文：請（你）做〜。表示請求或指示之意，相當於單獨使用在句尾的て形敬體形式。 例：コーヒーを 飲んで。➡常體 　　（喝咖啡。） 例：コーヒーを 飲んで ください。➡敬體 　　（請喝咖啡。）
B. 〜てから	表動作的順序。中文：做完〜之後（馬上）做… 例：友達に 電話を してから、家を 出ました。 　　（跟朋友打完電話後就出門了。）
C. 〜て いる	a. 現在正在進行的動作。 b. 長期的習慣或反覆進行、維持的行為。 c. 表示人為或非人為性動作所造成的結果或狀態（助詞用「が」）。 a. 田中さんは 今 コーヒーを 飲んで いる。 　　（田中先生現在正在喝咖啡。） b. 毎朝 コーヒーを 飲んで いる。 　　（每天早上都會喝咖啡。） c. 窓が 開いて いる。 　　（窗戶是打開著的。）
D. 〜て ある	表示人為動作造成的結果或狀態，助詞用「が」 ※與前項「〜ている」的c.相較，前項用的是「自動詞」，此項用的是「他動詞」。 例：窓が 開けて ある。 　　（窗戶(被人)打開著。）

E. ～ても いい	表允許的語氣。中文：可以～
	例：たばこを 吸っても いいです。 （可以吸菸。）

F. ～ては 　　いけない	表禁止的語氣。中文：不可以、不准～
	例：たばこを 吸っては いけない。 （不可以吸菸。）

G. ～て しまう	a. 表示動作的完了。 b. 表示對某事含有遺憾、懊悔等感嘆的語氣。
	a. この仕事が 終わって しまうと 帰ります。 （這個工作結束就回家。）➡表完成 b. 財布を 忘れて しまいました。 （竟忘了帶錢包。）➡表懊悔

H. ～て おく	a. 爲了某目的而事先做的事前準備。 b. 保持現狀。
	a. 会議の前に 資料を 読んで おきました。 （開會前先閱讀了資料。）➡表事前準備 b. 花瓶は そのまま テーブルに 置いて おきます。 （花瓶就 (還是) 放置在桌子上。） ➡表保持現狀

I. ～て みる	表示嘗試做某事。中文：試著做～
	例：おいしいかどうか、食べてみる。 （吃吃看好不好吃。）

J. 〜て いく	a. 前項動作是後項動作進行時的狀態。
	b. 表做完某事再去（某個地方）。
	c. 表移動，含「離去、離遠」的意義。
	d. 動作或行為的持續進行。
	a. 子供を 連れて 行く。 （帶小孩去。）
	b. ご飯を 食べて 行きましょう。 （吃了飯再去吧。）
	c. 鳥が 遠くへ 飛んで いく。 （鳥朝遠方飛走。）
	d. 今日から 単語を 覚えて いくつもりだ。 （打算從今天開始背單字。）
K. 〜て くる	a. 前項動作是後項動作進行時的狀態。
	b. 表做完某事再回來。
	c. 表移動，含「接近、靠近」的意義。
	d. 動作或行為從過去一直持續到現在。
	a. 荷物を 運んで 来る。 （運行李來。）
	b. ちょっと 荷物を 置いて 来る。 （放一下行李就來。）
	c. 試験が 近くなって きた。 （考試將近。）
	d. これまで 十何年間 ずっと たばこを 吸ってきました。 （這十幾年來一直都有抽菸。）

(3) 如何從辭書形變成て形

▶ 動五 「う・つ・る」改「小つて」，
　　「く」改「いて」／「ぐ」改「いで」，
　　「む・ぶ・ぬ」改「んで」，
　　「す」改「して」。 【口訣】

▶ 動一去尾「る」＋「て」。
▶ カ變「来る」是「来て」。
▶ サ變「する」是「して」。

動五＝Ⅰ類；動一＝Ⅱ類；カ變・サ變＝Ⅲ類

➡ 辭書形變て形 ·························

● 動五（Ⅰ類）　３２３１原則：

動詞詞尾	改成	示　範　例
3 う つ る	って	会う ⇒ 会って (見面) 持つ ⇒ 持って (拿；持有) 入る ⇒ 入って (進入)
2 く ぐ	いて いで	書く ⇒ 書いて (寫) 脱ぐ ⇒ 脱いで (脱)
3 む ぶ ぬ	んで	飲む ⇒ 飲んで (喝；吃(藥)) 呼ぶ ⇒ 呼んで (呼叫；稱做) 死ぬ ⇒ 死んで (死)
1 す	して	話す ⇒ 話して (說話)

例外 :

動五（I類）中的「<ruby>行<rt>い</rt></ruby>く」是個例外，て形是「<ruby>行<rt>い</rt></ruby>って」，不是「(×)<ruby>行<rt>い</rt></ruby>いて」，要記住哦！

●動一（II類）

去「る」＋「て」。

例1：<ruby>起<rt>お</rt></ruby>きる（起床）　➡　去る＋て　➡　<ruby>起<rt>お</rt></ruby>きて

例2：<ruby>降<rt>お</rt></ruby>りる（下(車)）　➡　去る＋て　➡　<ruby>降<rt>お</rt></ruby>りて

例2：<ruby>寝<rt>ね</rt></ruby>る（睡覺）　➡　去る＋て　➡　<ruby>寝<rt>ね</rt></ruby>て

●カ變・サ變（III類）

直接變。

カ變：<ruby>来<rt>く</rt></ruby>る（來）　➡　直接變　➡　<ruby>来<rt>き</rt></ruby>て

サ變：する（做）　➡　直接變　➡　して

動動手動動腦

☞動詞變化練習（將下表的動詞辭書形改成て形）

辭書形	中文意義	て形
飛ぶ〔動五〕	飛	①
盗む〔動五〕	偷竊	②
釣る〔動五〕	釣	③
待つ〔動五〕	等待	④
怒る〔動五〕	生氣	⑤
泳ぐ〔動五〕	游泳	⑥
消す〔動五〕	消除；關(燈)	⑦
走る〔動五〕	跑	⑧
済む〔動五〕	完成，結束	⑨
過ぎる〔動一〕	超過	⑩
考える〔動一〕	思考	⑪
捨てる〔動一〕	丟棄	⑫
来る〔カ變〕	來	⑬
電話する〔サ變〕	打電話	⑭
競争する〔サ變〕	競爭	⑮

動五＝Ⅰ類；動一＝Ⅱ類；カ變・サ變＝Ⅲ類

★解答在P.96

☞相關應用練習

①(你)趕快吃。【食べる〔動一〕】

　早く(　　　　　)。

❶食べる　　　　　　　❷食べて

❸食べます　　　　　　❹食べてから

②你現在在做什麼？【する〔サ變〕】

　今 何を(　　　　　)か。

❶して います　　　　❷します

❸したい　　　　　　　❹して いません

③每晚都要看公司的文件。（常體）【見る〔動一〕】

　毎晩 会社の 書類を(　　　　　)。

❶見て いながら　　　❷見て

❸見て います　　　　❹見て いる

④明天可以來嗎？【来る〔カ變〕】

　あした (　　　　)。

❶来てない　　　　　　❷来ます

❸来ても いいですか　❹来ません

⑤可以在這裡停車嗎？【止める〔動一〕】

　ここに 車を(　　　　　　)。

❶止めます　　　　　　❷止めても いいですか

❸止めやすい　　　　　❹止めすぎました

⑥垃圾不准丟在這裡。【捨てる〔動一〕】

　ごみは ここに(　　　　　　)。

❶捨てては いけません　　❷捨てても いい

❸捨ててから いい　　　　❹捨てにくい

⑦明天要搭新幹線去九州。【乗る〔動五〕：乘坐】

あした 新幹線に (　　　　　)、九州へ 行きます。
- ❶乗て
- ❷乗んて
- ❸乗って
- ❹乗りにくい

⑧運動完後沖個澡。【する〔サ變〕：做】

スポーツを (　　　　　)、シャワーを 浴びます。
- ❶してから
- ❷した
- ❸しますから
- ❹しながら

⑨因爲擔心，所以打了電話。【心配する〔サ變〕】

(　　　　)、電話を かけましたよ。
- ❶心配しました
- ❷心配します
- ❸心配してから
- ❹心配して

⑩穿和服去。【着る〔動一〕】

着物を (　　　　　)。
- ❶着に 行く
- ❷着たから 行く
- ❸着て 行く
- ❹着ました

⑪爸爸從外國回來。【帰る〔動五〕】

父が 外国から (　　　　　　　)。
- ❶帰って くる
- ❷帰って いく
- ❸帰ってから いく
- ❹帰っても いい

⑫請喝咖啡。【飲む〔動五〕】

コーヒーを (　　　　　　　)。
- ❶飲んで ください
- ❷飲みませんか
- ❸飲みましたか
- ❹飲みません

★解答在P.96

「ます形變變變」專為習慣以ます形轉換其他變化形的讀者所設計，
如果你習慣以辭書形來轉換其他形，則此部分可以跳過不看喔！

如何從ます形變成て形

：現在很多日語學習書的單字表都是動詞ます形，
那要如何變成て形呢？

▶ Ⅰ類 去「ます」→
「い・ち・り」改「小つて」，　　　　　　　【口訣】
「き」改「いて」／「ぎ」改「いで」，
「み・び・に」改「んで」，
「し」改「して」。

▶ Ⅱ類去「ます」＋「て」。

▶ Ⅲ類「来ます」是「来て」；「します」是「して」。

Ⅰ類＝動五；Ⅱ類＝動一；Ⅲ類＝力變・サ變

➡ ます形變て形 ⋯⋯⋯⋯⋯⋯⋯⋯⋯⋯⋯⋯⋯⋯

● Ⅰ類（動五）　3231原則：

動詞詞尾		改成	示　範　例
3	い	って	会います ⇒ 会って (見面)
	ち		持ちます ⇒ 持って (拿；持有)
	り		入ります ⇒ 入って (進入)
2	き	いて	書きます ⇒ 書いて (寫)
	ぎ	いで	脱ぎます ⇒ 脱いで (脱)

表接下頁

49

表接上頁

3	み	んで	飲みます ⇒ 飲んで (喝；吃 (藥))
	び		呼びます ⇒ 呼んで (呼叫；稱做)
	に		死にます ⇒ 死んで (死)
1	し	して	話します ⇒ 話して (說話)

例外：

I 類 (動五) 中的「行きます」是個例外，て形是「行って」，不是「(×) 行いて」，要記住哦！

● II 類 (動一)

去「ます」+「て」。

例1：着ます (穿 (衣服))	➡	去ます+て	➡	着て
例2：食べます (吃)	➡	去ます+て	➡	食べて
例3：あげます (給，送)	➡	去ます+て	➡	あげて

● III 類 (カ變・サ變)

直接變。

| カ變：来ます (來) | ➡ | 直接變 | ➡ | 来て |
| サ變：します (做) | ➡ | 直接變 | ➡ | して |

動動手動動腦

☞動詞變化練習（將下表的動詞ます形改成て形）

ます形	中文意義	て形
乗^のります〔I類〕	乘坐	①
空^すきます〔I類〕	空著	②
入^{はい}ります〔I類〕	進入	③
立^たちます〔I類〕	站立	④
怒^{おこ}ります〔I類〕	生氣	⑤
泳^{およ}ぎます〔I類〕	游泳	⑥
消^けします〔I類〕	消除；關(燈)	⑦
知^しります〔I類〕	認識；知道	⑧
学^{まな}びます〔I類〕	學習	⑨
過^すぎます〔II類〕	超過	⑩
考^{かんが}えます〔II類〕	思考	⑪
捨^すてます〔II類〕	丟棄	⑫
来^きます〔III類〕	來	⑬
運動^{うんどう}します〔III類〕	運動	⑭
約束^{やくそく}します〔III類〕	約定	⑮

I類=動五；II類=動一；III類=力變・サ變

★解答在P.96

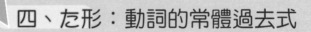

四、た形：動詞的常體過去式

（1）基本定義

☞辭書形的過去式。

☞表過去已經發生或是已經完成的事情。

☞「動詞た」＝「動詞ました」的常體。

例：昨日 部屋を 掃除した。 ➡常體

　　昨日 部屋を 掃除しました。➡敬體

（昨天打掃過房間。）

☞辭書形如何變た形見p.54。

> ✎「掃除した」與「掃除しました」的意思完全相同，只是禮貌度不同。

（2）た形的相關應用

相關變化	意義與例句
A. 〜たことが 　　ある	表曾有的經驗。中文：曾經〜 ※若改成「〜たことが ない」意思為「未曾〜」。
	例：私は フランス語を 勉強したことが ある。 　　（我曾經學過法文。） 例：会社を 休んだことが ない。 　　（從來沒有跟公司請過假。）
B. 〜た後で	表做完〜事之後… 例：食事した 後で、お茶を 飲みます。 　　（吃過飯後喝茶。）

C. ～たり～たり ～する	形式爲「動詞た＋り」，用於列舉動作時。
	☆下列是明天預定行事表 ・買^かい物^{もの}する（買東西）・本屋^{ほんや}へ 行^いく（去書局） ・友達^{ともだち}と 映画^{えいが}を 見^みる（和朋友看電影）…… ☆ 列舉其中兩項時～ 例：あした 買^かい物^{もの}したり、友達^{ともだち}と 映画^{えいが}を 見^みたり します。 （明天要去買東西啦、和朋友看電影啦。）
D. ～た方^{ほう}が	表肯定的建議語氣。中文：做～比較… ※「～ない方^{ほう}が」表否定的建議語氣，請見ない形。
	例： このことは 課長^{かちょう}に 言^いった方^{ほう}が いいと 思^{おも}う。 （這件事我認爲要跟課長說比較好。）
E. ～たら	形式爲「動詞た＋ら」 a. 爲後項的行爲設定條件。中文：假如～的話… b. 表理由或契機 c. 表動作的先後順序 d. 動作或行爲做完後的結果（含有意外發現的語氣）
	a. あした 雨^{あめ}が 降^ふったら、行^いきません。 （明天如果下雨的話就不去。） b. 薬^{くすり}を 飲^のんだら、病気^{びょうき}が 治^{なお}った。 （吃了藥之後病就好了。） c. 東京^{とうきょう}に ついたら、電話^{でんわ}を する。 （到東京後就打電話。） d. 友達^{ともだち}の 家^{いえ}に 行^いったら、留守^{るす}でした。 （到朋友家去，結果他不在家。）

(3) 如何從動詞辭書形變成た形

> て形怎麼變，た形就怎麼變。　　　　【口訣】

　　只要學會了前一節辭書形變て形的變化方式之後，再來學た形的變化就會非常簡單，因為只要將て形的「て」改成「た」（「で」改成「だ」）就可以了。

➡ 辭書形變た形 ・・・・・・・・・・・・・・・・・・・・・・・・・・・・

● 動五（Ⅰ類） 3231原則（將て形的「て」改成「た」）

動詞詞尾	辞書形⇒	て形 ⇒	た形
3 う	会<small>あ</small>う ⇒	会<small>あ</small>って⇒	会<small>あ</small>った (見面)
つ	持<small>も</small>つ ⇒	持<small>も</small>って⇒	持<small>も</small>った (拿；持有)
る	入<small>はい</small>る ⇒	入<small>はい</small>って⇒	入<small>はい</small>った (進入)
2 く	書<small>か</small>く ⇒	書<small>か</small>いて⇒	書<small>か</small>いた (寫)
ぐ	脱<small>ぬ</small>ぐ ⇒	脱<small>ぬ</small>いで⇒	脱<small>ぬ</small>いだ (脫)
3 む	飲<small>の</small>む ⇒	飲<small>の</small>んで⇒	飲<small>の</small>んだ (喝；吃(藥))
ぶ	呼<small>よ</small>ぶ ⇒	呼<small>よ</small>んで⇒	呼<small>よ</small>んだ (呼叫；稱做)
ぬ	死<small>し</small>ぬ ⇒	死<small>し</small>んで⇒	死<small>し</small>んだ (死)
1 す	話<small>はな</small>す ⇒	話<small>はな</small>して⇒	話<small>はな</small>した (說話)

例外

動五（Ⅰ類）中的「行く」的て形是「行って」，所以た形是「行った」，要記住哦！

● 動一（Ⅱ類）

去「る」＋「た」。

例1：起きる（起床） ➡ 去る＋た ➡ 起きた

例2：降りる（下(車)） ➡ 去る＋た ➡ 降りた

例3：寝る（睡覺） ➡ 去る＋た ➡ 寝た

● カ變・サ變（Ⅲ類）

直接變。

カ變：来る（來） ➡ 直接變 ➡ 来た

サ變：する（做） ➡ 直接變 ➡ した

動動手動動腦

☞動詞變化練習（將下表的動詞辭書形改成た形）

辭書形	中文意義	た形
<ruby>怒<rt>おこ</rt></ruby>る〔動五〕	生氣	①
<ruby>遊<rt>あそ</rt></ruby>ぶ〔動五〕	遊玩	②
<ruby>釣<rt>つ</rt></ruby>る〔動五〕	釣	③
<ruby>泳<rt>およ</rt></ruby>ぐ〔動五〕	游泳	④
<ruby>話<rt>はな</rt></ruby>す〔動五〕	說話	⑤
<ruby>走<rt>はし</rt></ruby>る〔動五〕	跑	⑥
<ruby>済<rt>す</rt></ruby>む〔動五〕	完成，結束	⑦
<ruby>並<rt>なら</rt></ruby>ぶ〔動五〕	排列；排隊	⑧
<ruby>壊<rt>こわ</rt></ruby>す〔動五〕	毀壞	⑨
<ruby>過<rt>す</rt></ruby>ぎる〔動一〕	超過	⑩
<ruby>食<rt>た</rt></ruby>べる〔動一〕	吃	⑪
<ruby>捨<rt>す</rt></ruby>てる〔動一〕	丟棄	⑫
<ruby>来<rt>く</rt></ruby>る〔カ變〕	來	⑬
<ruby>支度<rt>したく</rt></ruby>する〔サ變〕	準備	⑭
<ruby>失敗<rt>しっぱい</rt></ruby>する〔サ變〕	失敗	⑮

動五＝Ⅰ類；動一＝Ⅱ類；カ變・サ變＝Ⅲ類

★解答在P.97

☞相關應用練習

①已經超過十點了。【過ぎる〔動一〕】

　もう 十時を (　　　　)。

　❶過ぎた　　　　　　　　❷過ぎった

　❸過ぎない　　　　　　　❹過いた

②我曾洗過溫泉。【入る〔動五〕：進入】

　私は 温泉に (　　　　)。

　❶入ることが ある　　　❷入ってことが ある

　❸入らないことが ある　❹入ったことが ある

③我已經累了。【疲れる〔動一〕】

　私は もう (　　　　)。

　❶疲れる　　　　　　　　❷疲れない

　❸疲れった　　　　　　　❹疲れた

④這件事曾經問過橋本小姐。【聞く〔動五〕】

　このことは 橋本さんに (　　　　)。

　❶聞くことが ある　　　❷聞いたが ある

　❸聞いたことが ある　　❹聞くことが あった

⑤我一次也不曾坐過飛機。【乗る〔動五〕：乘坐】

　飛行機には 一度も (　　　　)。

　❶乗らないことが ある　❷乗ったことが ない

　❸乗ったことが ある　　❹乗らないことが あった

⑥雨停的話，就出發吧。【止む：〔動五〕：停歇】

　(　　　　)、出発しましょう。

　❶雨が 止む　　　　　　❷雨が 止んだ

　❸雨が 止んだら　　　　❹雨が 止んだり

⑦星期天都在家裡打掃房間、洗衣服啦。

日曜日は 家で 部屋を（　　　　　）、（　　　　　）します。

❶掃除した、洗濯した

❷掃除したり、洗濯したり

❸掃除したら、洗濯したら

❹掃除したら、洗濯したり

【掃除する〔サ變〕】
【洗濯する〔サ變〕】

⑧早一點休息比較好。【休む〔動五〕】

早く（　　　　　　）方が いいです。

❶休み

❸休んだ

❷休んだら

❹休んで

⑨我去過美國。【行く：〔動五〕】

私は アメリカに（　　　　　　　）。

❶行くことも ある

❸行くことに する

❷行ったことが ない

❹行ったことが ある

⑩作業寫完之後，可以出去玩。【終わる〔動五〕】

宿題が（　　　　　　）、遊びに 行っても いいよ。

❶終わっても

❸終わりに

❷終わった

❹終わったら

⑪搭電車去比較快。【行く〔動五〕】

電車で（　　　　　）速いです。

❶行った 方が

❸行くことが

❷行っても

❹行かなくても

⑫走到外面發現下雨了。【出る〔動一〕：出來・出去】

外に（　　　　　）、雨が 降っていた。

❶出るには

❸出たら

❷出ないと

❹出ます

★解答在P.97

「ます形變變變」專為習慣以ます形轉換其他變化形的讀者所設計，
如果你習慣以辭書形來轉換其他形，則此部分可以跳過不看喔！

如何從ます形變成た形

：現在很多日語學習書的單字表都是動詞ます形，
那要如何變成た形呢？

> て形怎麼變，た形就怎麼變。　　　　　　　【口訣】

➡ ます形變た形 ···································

● I 類（動五）　3231原則（將て形的「て」改成「た」）

動詞詞尾	ます形 ⇒	て形 ⇒	た形
3 う	会<small>あ</small>います ⇒	会<small>あ</small>って⇒	会<small>あ</small>った (見面)
つ	持<small>も</small>ちます ⇒	持<small>も</small>って⇒	持<small>も</small>った (拿；持有)
る	入<small>はい</small>ります ⇒	入<small>はい</small>って⇒	入<small>はい</small>った (進入)
2 く	書<small>か</small>きます ⇒	書<small>か</small>いて⇒	書<small>か</small>いた (寫)
ぐ	脱<small>ぬ</small>ぎます ⇒	脱<small>ぬ</small>いで⇒	脱<small>ぬ</small>いだ (脱)
3 む	飲<small>の</small>みます ⇒	飲<small>の</small>んで⇒	飲<small>の</small>んだ (喝；吃(藥))
ぶ	呼<small>よ</small>びます ⇒	呼<small>よ</small>んで⇒	呼<small>よ</small>んだ (呼叫；稱做)
ぬ	死<small>し</small>にます ⇒	死<small>し</small>んで⇒	死<small>し</small>んだ (死)
1 す	話<small>はな</small>します ⇒	話<small>はな</small>して⇒	話<small>はな</small>した (說話)

Ⅰ類（動五）中的「行きます」的て形是「行って」，所以た形是「行った」，要記住哦！

● Ⅱ類（動一）

去「ます」＋「た」。

例1：着ます（穿（衣服）） ➡ 去ます＋た ➡ 着た

例2：食べます（吃） ➡ 去ます＋た ➡ 食べた

例3：あげます（給，送） ➡ 去ます＋た ➡ あげた

● Ⅲ類（カ變・サ變）

直接變。

カ變：来ます（來） ➡ 直接變 ➡ 来た

サ變：します（做） ➡ 直接變 ➡ した

動動手動動腦

☞動詞變化練習（將下表的動詞ます形改成た形）

ます形	中文意義	た形
合います〔Ⅰ類〕	適合；一致	①
探します〔Ⅰ類〕	尋找	②
叱ります〔Ⅰ類〕	責罵	③
包みます〔Ⅰ類〕	包	④
怒ります〔Ⅰ類〕	生氣	⑤
進みます〔Ⅰ類〕	進行；前進	⑥
消します〔Ⅰ類〕	消除；關(燈)	⑦
送ります〔Ⅰ類〕	寄送；送行	⑧
運びます〔Ⅰ類〕	搬運	⑨
過ぎます〔Ⅱ類〕	超過	⑩
伝えます〔Ⅱ類〕	傳達	⑪
変えます〔Ⅱ類〕	改變	⑫
来ます〔Ⅲ類〕	來	⑬
翻訳します〔Ⅲ類〕	翻譯	⑭
戦争します〔Ⅲ類〕	戰爭	⑮

Ⅰ類＝動五；Ⅱ類＝動一；Ⅲ類＝カ變・サ變

★解答在P.97

ます形 變變變

五、ない形：動詞的常體否定

(1) 基本定義

☞辭書形的否定形（辭書形如何變ない形見p.65）。

☞表示否定。

☞「動詞ない」＝「動詞ません」的常體。

   例：わからない。　　（不懂。）　➡常體

      わかりません。　（不懂。）　➡敬體

  ✐ 「わからない」是常體否定，「わかりません」是敬體否定，但意思是一樣的，只是禮貌度不同。

☞ない形的各種變化，等於動詞的各種否定形態。

A. 〜なくて	將「ない」改成「なくて」，表原因、理由。
	例：　宿題が 終わらなくて、困った。 （作業做不完，真傷腦筋。）
B. 〜ないで	て形的否定。連接句子時表示「沒做某事就做另一件事」，單獨使用時是請求對方別做某事。 ※食べて（肯定）➡食べないで（否定）
	例：ケーキを 食べないで。 （別吃蛋糕。） 例：朝ごはんを 食べないで、学校に行く。 （沒吃早餐就去學校。）

C. ～なかった	た形的否定。 ※食べた（肯定）➡食べなかった（否定）
	例：田中さんは　ケーキを　食べなかった。 （田中先生沒吃蛋糕。）
D. ～なければ	ば形的否定。 ※食べれば（肯定）➡食べなければ（否定）
	例：ケーキを　食べなければ　よかった。 （早知道就不吃蛋糕了。）

（2）ない形的相關應用

相關變化	意義與例句
A. ～ないで 　ください	要某人別做某事的語氣。 中文：請不要（做）～ ※可視為「～ないで」的敬體，或「～て　ください」 　的否定，後者請見て形。
	例：お酒を　飲まないで　ください。 （請別喝酒。）

B. ~なくても いい	形式爲將「ない」改爲「なくて＋もいい」，表示允許他人不做某件事。 中文：可以不～
	例：お酒を 飲まなくても いい。 （可以不喝酒。）
C. ~なければ ならない	形式爲將「ない」改爲「なければ＋ならない」，表「必須，一定，非得」的語氣。
	例：早く 家へ 帰らなければ ならない。 （必須早一點回家。）
D. ~ないで、 ~ます	在未做前項動作的狀態下進行後項動作。 中文：沒做～就做～；不做～就做～
	☆下列是某個早上做的事 ・朝ごはんを 食べません。（不吃早餐。） ・学校へ 行きます。（去學校。）…… 例：朝ごはんを 食べないで、学校へ 行きます。 （不吃早餐，就去學校。）
E. ~ない方が	表否定的建議語氣。 中文：不要(做)～比較… ※「～た方が」表肯定的建議語氣，請見た形。
	例：お酒を 飲まない方が いいです。 （別喝酒比較好。）

（3）如何從辭書形變成ない形

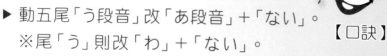

【口訣】

▶ 動五尾「う段音」改「あ段音」＋「ない」。
　※尾「う」則改「わ」＋「ない」。
▶ 動一去尾「る」＋「ない」。
▶ カ變「来る」是「来ない」。
▶ サ變「する」是「しない」。

動五＝Ⅰ類；動一＝Ⅱ類；カ變・サ變＝Ⅲ類

➡ 辭書形變ない形 ‧‧‧‧‧‧‧‧‧‧‧‧‧‧‧‧‧‧‧‧‧‧‧‧‧‧

請對照五十音
表，找出動五的
變化規則。

わ	ら	や	ま	は	な	た	さ	か	あ	ない形
	り		み	ひ	に	ち	し	き	い	
る	ゆ	む	ふ	ぬ	つ	す	く	う	辞書形
	れ		め	へ	ね	て	せ	け	え	
を	ろ	よ	も	ほ	の	と	そ	こ	お	

● 動五（Ⅰ類）

詞尾「う段音」改成「あ段音」＋「ない」。但若詞尾是
「う」，則「う」要改成「わ」＋「ない」。

例1：渡す（交付） ➡ す→さ＋ない ➡ 渡さない

例2：住む（居住） ➡ む→ま＋ない ➡ 住まない

例3：売る（賣） ➡ る→ら＋ない ➡ 売らない

★ 例4：吸う（吸(菸)） ➡ う→わ＋ない ➡ 吸わない

例外：

動五（Ⅰ類）中的「ある」的ない形是「ない」，不是「あらない」，要記住哦！

● 動一（Ⅱ類）

去「る」＋「ない」。

例1：足^たりる（足夠）　➡　去る＋ない　➡　足りない

例2：寝^ねる（睡覺）　➡　去る＋ない　➡　寝ない

例3：負^まける（輸）　➡　去る＋ない　➡　負けない

● カ變・サ變（Ⅲ類）

直接變。

カ變：来^くる（來）　➡　直接變　➡　来^こない

サ變：する（做）　➡　直接變　➡　しない

動動手動動腦

☞動詞變化練習（將下表的動詞辭書形改成ない形）

辭書形	中文意義	ない形
知る〔動五〕	認識；知道	①
立つ〔動五〕	站立	②
切る〔動五〕	切；剪	③
待つ〔動五〕	等待	④
入る〔動五〕	進入	⑤
聞く〔動五〕	聽；問	⑥
働く〔動五〕	工作	⑦
休む〔動五〕	休息；請假	⑧
急ぐ〔動五〕	急忙	⑨
使う〔動五〕	使用	⑩
開ける〔動一〕	打開	⑪
捨てる〔動一〕	丟棄	⑫
来る〔カ變〕	來	⑬
案内する〔サ變〕	引導	⑭
散歩する〔サ變〕	散步	⑮

動五＝Ⅰ類；動一＝Ⅱ類；カ變・サ變＝Ⅲ類

★解答在P.97

☞相關應用練習

①別進來我房間。(常體語氣)【入る〔動五〕】

私の 部屋に (　　　　　　)。

❶入りません　　　　　　❷入って
❸入らないで　　　　　　❹入りないで

②可以不去嗎?【行く〔動五〕】

(　　　　　　　　　)ですか。

❶行かなくても いい　　❷行っても だめ
❸行かなくても だめ　　❹行っても いい

③每天必須運動。(常體語氣)【運動する〔サ變〕】

毎日 (　　　　　　　)。

❶運動しない　　　　　　❷運動しなければ いい
❸運動しなければ ならない　❹運動しなければ ない

④請別在這裡丟垃圾。【捨てる:〔動一〕】

ここに ごみを (　　　　　　)。

❶捨てては ない　　　　❷捨てても いい
❸捨てないで ください　❹捨てなくて ください

⑤他每天不工作就只玩樂。【する〔サ變〕:做】

彼は 仕事を (　　　　)、毎日 遊んで います。

❶しない　　　　　　　　❷しないで
❸する　　　　　　　　　❹して

⑥今天別穿黑衣服比較好。【着る:〔動一〕】

今日は 黒い 服を (　　　　) 方が いいです。

❶着ては いけない　　　❷着ないで
❸着なく　　　　　　　　❹着ない

★解答在P.97

「ます形變變變」專為習慣以ます形轉換其他變化形的讀者所設計，如果你習慣以辭書形來轉換其他形，則此部分可以跳過不看喔！

如何從ます形變成ない形

：現在很多日語學習書的單字表都是動詞ます形，那要如何變成ない形呢？

【口訣】

> ▶ I類去「ます」，「い段音」改「あ段音」＋「ない」。
> ※「～います」則改「～わない」。
> ▶ II類去「ます」＋「ない」。
> ▶ III類「来ます」是「来ない」，「します」是「しない」。

I類＝動五；II類＝動一；III類＝カ變・サ變

➡ ます形變ない形 ・・・・・・・・・・・・・・・・・・・

請對照五十音表，找出I類的變化規則。

わ	ら	や	ま	は	な	た	さ	か	あ	ない形
	り		み	ひ	に	ち	し	き	い	ます形
る	ゆ		む	ふ	ぬ	つ	す	く	う	
れ			め	へ	ね	て	せ	け	え	
を	ろ	よ	も	ほ	の	と	そ	こ	お	

● I類（動五）

去「ます」，將「い段音」改成「あ段音」＋「ない」。但若詞尾是「います」，則改成「わない」。

例1：勝ちます（勝利）　➡　去ます，ち→た＋ない　➡　勝たない

例2：足します（添加）　➡　去ます，し→さ＋ない　➡　足さない

例3：取ります（拿取）　➡　去ます，り→ら＋ない　➡　取らない

★ 例4：笑います（笑）　➡　います→わない　➡　笑わない

例外

Ⅰ類（動五）中的「あります」的ない形是「ない」，不是「あらない」，要記住哦！

● Ⅱ類（動一）

去「ます」＋「ない」。

例1：過ぎます（超過）　➡　去ます＋ない　➡　過ぎない

例2：着ます（穿（衣服））　➡　去ます＋ない　➡　着ない

例3：受けます（接受）　➡　去ます＋ない　➡　受けない

● Ⅲ類（カ變・サ變）

直接變。

カ變：来ます（來）　➡　直接變　➡　来ない

サ變：します（做）　➡　直接變　➡　しない

動動手動動腦

☞動詞變化練習（將下表的動詞ます形改成ない形）

ます形	中文意義	ない形
やります〔Ⅰ類〕	做	①
呼びます〔Ⅰ類〕	呼叫；稱做	②
買います〔Ⅰ類〕	買	③
待ちます〔Ⅰ類〕	等待	④
消します〔Ⅰ類〕	消除；關(燈)	⑤
吹きます〔Ⅰ類〕	吹	⑥
休みます〔Ⅰ類〕	休息；請假	⑦
遊びます〔Ⅰ類〕	遊玩	⑧
痩せます〔Ⅱ類〕	變瘦	⑨
続けます〔Ⅱ類〕	繼續	⑩
尋ねます〔Ⅱ類〕	詢問	⑪
見えます〔Ⅱ類〕	看得見	⑫
来ます〔Ⅲ類〕	來	⑬
計画します〔Ⅲ類〕	計畫	⑭
経験します〔Ⅲ類〕	經驗	⑮

Ⅰ類＝動五；Ⅱ類＝動一；Ⅲ類＝カ變・サ變

★解答在P.98

71

六、ば形：動詞的假定表現

（1）基本定義

☞ 動詞ば形＝動詞假定形

例：遊ぶ（玩）➡ 遊べば（假如要玩的話）

☞ 主要用法有：

① 表示假如要使後項的事情成立或實現時，必須先要滿足前項的條件。

例：百万円あれば、車を 買うことが できます。
（如果有一百萬元的話，就可以買車。）

② 說話者聽到他人的說話內容，於是做出類似建議或指示的語氣。

例：A このコピー機の 使い方が わかりません。
（我不懂影印機的用法。）

B わからなければ、説明書を 読んでください。
（不懂的話，請看說明書。）

☞ 動詞辭書形如何變ば形見p.74。

☞ 否定形式為動詞ない形去「い」＋「ければ」。

例：分かれば （如果知道）➡肯定

分からなければ（如果不知道）➡否定

🖉「～なければ」請見本章P.63。

（2）ば形的相關應用

相關變化	意義與例句
A. ～ば～ほど	表程度。形式為： a.「動詞ば＋動詞辭書形＋ほど」。 　 中文：越～，越～ b.「動詞なければ＋動詞ない＋ほど」。 　 中文：越不～，越不～
	a. 北へ 行けば 行くほど 寒く なります。 　 （越往北就越冷。） b. 運動を しなければ しないほど 体が 悪くなる。 　 （越不運動身體越差。）
B. ～も～ば、 　　～も	表並列。中文：既～也～
	例：山田さんは 中国語も できれば、 　　 英語も できる。 　 （山田先生既會中文也會英文。）

（3）如何從辭書形變成ば形

> ▶ 動五尾「う段音」改「え段音」＋「ば」。
> ▶ 動一去尾「る」＋「れば」。
> ▶ カ變「来る」是「来れば」。
> ▶ サ變「する」是「すれば」。

【口訣】

動五＝Ⅰ類；動一＝Ⅱ類；カ變・サ變＝Ⅲ類

➡辭書形變ば形 ・・・・・・・・・・・・・・・・・・・・・・・・・

請對照五十音表，找出動五的變化規則。

わ	ら	や	ま	は	な	た	さ	か	あ	
	り		み	ひ	に	ち	し	き	い	
る	ゆ	む	ふ	ぬ	つ	す	く	う	辞書形
	れ		め	へ	ね	て	せ	け	え	ば形
を	ろ	よ	も	ほ	の	と	そ	こ	お	

● 動五（Ｉ類）

詞尾「う段音」改成「え段音」＋「ば」。

例1：洗う（洗） ➡ う→え＋ば ➡ 洗えば

例2：ある（有；在）➡ る→れ＋ば ➡ あれば

例3：歩く（走路） ➡ く→け＋ば ➡ 歩けば

例4：進む（前進） ➡ む→め＋ば ➡ 進めば

● 動一（Ⅱ類）

去「る」＋「れば」。

例1：生きる（活著） ➡ 去る＋れば ➡ 生きれば

例2：似る（相似） ➡ 去る＋れば ➡ 似れば

例3：考える（思考） ➡ 去る＋れば ➡ 考えれば

● カ變・サ變（Ⅲ類）

直接變。

カ變：来る（來） ➡ 直接變 ➡ 来れば

サ變：する（做） ➡ 直接變 ➡ すれば

☞動詞變化練習（將下表的動詞辭書形改成ば形）

辭書形	中文意義	ば形
言う〔動五〕	說	①
立つ〔動五〕	站立	②
急ぐ〔動五〕	急忙	③
歌う〔動五〕	唱歌	④
思う〔動五〕	想，認為	⑤
住む〔動五〕	居住	⑥
座る〔動五〕	坐	⑦
休む〔動五〕	休息；請假	⑧
使う〔動五〕	使用	⑨
作る〔動五〕	製作	⑩
止める〔動一〕	停下；止住	⑪
出かける〔動一〕	出門	⑫
来る〔カ變〕	來	⑬
利用する〔サ變〕	利用	⑭
出発する〔サ變〕	出發	⑮

動五＝Ⅰ類；動一＝Ⅱ類；カ變・サ變＝Ⅲ類

★解答在P.98

☞相關應用練習

①越想就越不懂。【考える〔動一〕:思考】

　（　　　　　　　　　　　　　　）ほど わからなく なります。

②這首歌越聽越喜歡。【聞く〔動五〕】

　この歌は（　　　　　　　　　　　）ほど 好きに なります。

③看了報告，就會了解了。【読む〔動五〕:閱讀;唸】

　レポートを（　　　　　　　）、わかります。

④一到春天，天氣就暖和了。【なる〔動五〕:變成】

　春に（　　　　　　　）、暖かく なります。

⑤既有山也有水。【ある〔動五〕】

　山も（　　　　　　　）、川も あります。

★解答在P.98

「ます形變變變」專為習慣以ます形轉換其他變化形的讀者所設計，如果你習慣以辭書形來轉換其他形，則此部分可以跳過不看喔！

如何從ます形變成ば形

：現在很多日語學習書的單字表都是動詞ます形，那要如何變成ば形呢？

▶ Ⅰ類去「ます」，「い段音」改「え段音」＋「ば」。【口訣】
▶ Ⅱ類去「ます」＋「れば」。
▶ Ⅲ類「来ます」是「来れば」，「します」是「すれば」。

Ⅰ類＝動五；Ⅱ類＝動一；Ⅲ類＝力變・サ變

➡ ます形變ば形

請對照五十音表，找出Ⅰ類的變化規則。

わ	ら	や	ま	は	な	た	さ	か	あ	
	り		み	ひ	に	ち	し	き	い	ます形
	る	ゆ	む	ふ	ぬ	つ	す	く	う	
	れ		め	へ	ね	て	せ	け	え	ば形
を	ろ	よ	も	ほ	の	と	そ	こ	お	

● Ⅰ類（動五）

去「ます」，將「い段音」改成「え段音」＋「ば」。

例1：もらいます（領受） ➡ 去ます；い→え＋ば ➡ もらえば
例2：貸します（借出） ➡ 去ます；し→せ＋ば ➡ 貸せば
例3：包みます（包） ➡ 去ます；み→め＋ば ➡ 包めば
例4：治ります（治癒） ➡ 去ます；り→れ＋ば ➡ 治れば

● Ⅱ類（動一）

去「ます」＋「れば」。

例1：浴びます（淋浴） ➡ 去ます＋れば ➡ 浴びれば

例2：見ます（看） ➡ 去ます＋れば ➡ 見れば

例3：連れます（帶領） ➡ 去ます＋れば ➡ 連れれば

● Ⅲ類（カ變・サ變）

直接變。

カ變：来ます（來） ➡ 直接變 ➡ 来れば

サ變：します（做） ➡ 直接變 ➡ すれば

動動手動動腦

☞動詞變化練習（將下表的動詞ます形改成ば形）

ます形	中文意義	ば形
足_たします〔Ⅰ類〕	添加	①
釣_つります〔Ⅰ類〕	釣	②
手伝_{てつだ}います〔Ⅰ類〕	幫忙	③
鳴_なります〔Ⅰ類〕	響，鳴	④
直_{なお}します〔Ⅰ類〕	修理；修正	⑤
喜_{よろこ}びます〔Ⅰ類〕	喜悅	⑥
運_{はこ}びます〔Ⅰ類〕	搬運	⑦
通_{とお}ります〔Ⅰ類〕	通過	⑧
褒_ほめます〔Ⅱ類〕	稱讚	⑨
壊_{こわ}れます〔Ⅱ類〕	毀壞	⑩
調_{しら}べます〔Ⅱ類〕	調查	⑪
足_たります〔Ⅱ類〕	足夠	⑫
来_きます〔Ⅲ類〕	來	⑬
注射_{ちゅうしゃ}します〔Ⅲ類〕	注射	⑭
世話_{せわ}します〔Ⅲ類〕	關照	⑮

Ⅰ類＝動五；Ⅱ類＝動一；Ⅲ類＝力變・サ變

★解答在P.98

七、命令形：動詞的命令表現

（1）基本定義

☞用來下達指示或命令的語氣。中文：給我做～

☞口語使用時通常限於男性。

　①年長男子對下位者，父親對孩子的命令、斥責時。

　②男性友人之間的指示或請求。

☞用於告示、標誌、標語，或團體訓練、啦啦隊的口號等。

☞平常想要請別人做什麼事情，應該用「～てください」。

　例：座（すわ）ってください（請坐下）　➡敬體

　　　座（すわ）れ。（給我坐下！）　➡常體，語氣粗魯

☞否定用法爲禁止形：動詞辭書形＋「な」

　例：言（い）うな（不准說！）　　触（さわ）るな（別碰！）

> 部分不含意志的動詞，例如「ある・できる・わかる…」是沒有命令形的喔！

（2）如何從辭書形變成命令形

▶ 動五尾「う段音」改「え段音」。

▶ 動一去尾「る」＋「ろ」。

▶ カ變「来る」是「来い」。

▶ サ變「する」是「しろ」。

【口訣】

動五＝Ⅰ類；動一＝Ⅱ類；カ變・サ變＝Ⅲ類

➡ 辭書形變命令形 ‧‧‧‧‧‧‧‧‧‧‧‧‧‧‧‧‧‧‧‧‧‧‧‧‧‧

請對照五十音表，找出動五的變化規則。

わ	ら	や	ま	は	な	た	さ	か	あ	
	り		み	ひ	に	ち	し	き	い	
	る	ゆ	む	ふ	ぬ	つ	す	く	う	辞書形
	れ		め	へ	ね	て	せ	け	え	命令形
を	ろ	よ	も	ほ	の	と	そ	こ	お	

● 動五（Ⅰ類）

詞尾「う段音」改成「え段音」。

例1：持つ（拿；持有） ➡ つ→て ➡ 持て

例2：謝る（道歉） ➡ る→れ ➡ 謝れ

例3：書く（寫） ➡ く→け ➡ 書け

例4：飛ぶ（飛） ➡ ぶ→べ ➡ 飛べ

● 動一（Ⅱ類）

去「る」+「ろ」。

例1：いる（有；在）　➡　去る+ろ　➡　いろ

例2：見る（看）　➡　去る+ろ　➡　見ろ

例3：閉める（關）　➡　去る+ろ　➡　閉めろ

● カ變・サ變（Ⅲ類）

直接變。

カ變：来る（來）　➡　直接變　➡　来い

サ變：する（做）　➡　直接變　➡　しろ

動動手動動腦

☞動詞變化練習（將下表的動詞辭書形改成命令形）

辭書形	中文意義	命令形
泳ぐ〔動五〕	游泳	①
呼ぶ〔動五〕	呼叫；稱做	②
磨く〔動五〕	刷；磨	③
飲む〔動五〕	喝；吃（藥）	④
待つ〔動五〕	等待	⑤
貼る〔動五〕	貼	⑥
話す〔動五〕	說話	⑦
走る〔動五〕	跑	⑧
忘れる〔動一〕	忘記	⑨
食べる〔動一〕	吃	⑩
答える〔動一〕	回答	⑪
知らせる〔動一〕	通知	⑫
来る〔力變〕	來	⑬
練習する〔サ變〕	練習	⑭
勉強する〔サ變〕	唸書	⑮

動五＝Ⅰ類；動一＝Ⅱ類；力變・サ變＝Ⅲ類

★解答在P.98

☞完成命令句

①快說！【話す〔動五〕】

早く　（　　　　　　）。

②快點做！【する〔サ變〕】

早く　（　　　　　　）。

③趕快！【急ぐ〔動五〕】

（　　　　　　）。

④停(車)！【止まる〔動五〕】

（　　　　　　）。

⑤別碰那機器。【触る〔動五〕】

その　機械に（　　　　　　）。

⑥看那邊。【見る〔動一〕】

あそこを（　　　　　　）。

★解答在P.99

「ます形變變變」專為習慣以ます形轉換其他變化形的讀者所設計，
如果你習慣以辭書形來轉換其他形，則此部分可以跳過不看喔！

如何從ます形變成命令形

：現在很多日語學習書的單字表都是動詞ます形，
那要如何變成命令形呢？

> ▶ I 類去「ます」，「い段音」改「え段音」。　【口訣】
> ▶ II 類去「ます」＋「ろ」。
> ▶ III 類「来ます」是「来い」，「します」是「しろ」。

I 類＝動五；II 類＝動一；III 類＝カ變・サ變

➡ ます形變命令形 ·····························

　　請對照五十音
表，找出 I 類的
變化規則。

わ	ら	や	ま	は	な	た	さ	か	あ	
	り		み	ひ	に	ち	し	き	い	ます形
	る	ゆ	む	ふ	ぬ	つ	す	く	う	
	れ		め	へ	ね	て	せ	け	え	命令形
を	ろ	よ	も	ほ	の	と	そ	こ	お	

● I 類（動五）

去「ます」，將「い段音」改成「え段音」。

例1：行きます（去）　➡　去ます；き→け　➡　行け

例2：押します（推；按）　➡　去ます；し→せ　➡　押せ

例3：死にます（死）　➡　去ます；に→ね　➡　死ね

例4：座ります（坐）　➡　去ます；り→れ　➡　座れ

● II類（動一）

去「ます」＋「ろ」。

例1：起<ruby>き<rt>お</rt></ruby>ます（起床）　➡　去ます＋ろ　➡　起<ruby><rt>お</rt></ruby>きろ

例2：覚<ruby><rt>おぼ</rt></ruby>えます（記憶）　➡　去ます＋ろ　➡　覚<ruby><rt>おぼ</rt></ruby>えろ

例3：忘<ruby><rt>わす</rt></ruby>れます（忘記）　➡　去ます＋ろ　➡　忘<ruby><rt>わす</rt></ruby>れろ

● III類（カ變・サ變）

直接變。

カ變：来<ruby><rt>き</rt></ruby>ます（來）　➡　直接變　➡　来<ruby><rt>こ</rt></ruby>い

サ變：します（做）　➡　直接變　➡　しろ

動動手動動腦

☞動詞變化練習（將下表的動詞ます形改成命令形）

ます形	中文意義	命令形
探^{さが}します〔Ⅰ類〕	尋找	①
書^かきます〔Ⅰ類〕	寫	②
撮^とります〔Ⅰ類〕	照相	③
言^いいます〔Ⅰ類〕	說	④
踏^ふみます〔Ⅰ類〕	踩；踏	⑤
持^もちます〔Ⅰ類〕	拿；持有	⑥
渡^{わた}します〔Ⅰ類〕	交付	⑦
踊^{おど}ります〔Ⅰ類〕	跳舞	⑧
集^{あつ}めます〔Ⅱ類〕	集中；收集	⑨
やめます〔Ⅱ類〕	終止；取消	⑩
始^{はじ}めます〔Ⅱ類〕	開始	⑪
投^なげます〔Ⅱ類〕	投擲	⑫
来^きます〔Ⅲ類〕	來	⑬
中止^{ちゅうし}します〔Ⅲ類〕	中止	⑭
予習^{よしゅう}します〔Ⅲ類〕	預習	⑮

Ⅰ類＝動五；Ⅱ類＝動一；Ⅲ類＝力變・サ變

★解答在P.99

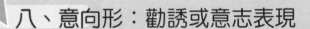

八、意向形：勸誘或意志表現

（1）基本定義

☞動詞意向形＝動詞「ましょう」的常體

例：出発<ruby>発<rt>しゅっぱつ</rt></ruby>しよう ➡ 出発しましょう（出發吧。）

☞表示自己的意志、計劃或預定時的用法。

例：夏休<ruby>休<rt>なつやす</rt></ruby>みに 旅行<ruby>行<rt>りょこう</rt></ruby>を しようと 思<ruby>思<rt>おも</rt></ruby>って います。
（我暑假想去旅行。）

☞表示對他人的邀約或附和他人邀約的語氣。

例：Ａ 一緒<ruby>緒<rt>いっしょ</rt></ruby>に 帰<ruby>帰<rt>かえ</rt></ruby>ろう。 （一起回家吧。）
Ｂ ええ、帰<ruby>帰<rt>かえ</rt></ruby>ろう。 （好，回家吧。）

☞動詞辭書形如何變意向形見p.90。

（2）意向形的相關應用

相關變化	意義與例句
A. 〜と思う／ 〜と思っている	形式為「動詞意向形＋と思う／と思っている」，表說話者將自己所擁有的意志、計畫或預定的事說給他人聽。 中文：我想〜 ※「〜と思う」與「〜と思っている」皆可用。但「〜と思う」的話是指在說話時想到的事。而「〜と思っている」的話，是指自從前就一直想的事。

例：今晩 フランス料理を 食べようと 思います。

（今晩我想吃法國料理。）

例：ピアノを 習おうと 思って います。

（我一直想學鋼琴。）

B. ～と する	a. 表示努力想要達成某動作。 　中文：試圖～；努力～ b. 當主語本身並無意志的時候，意義爲即將 　進行或發生的事情。
	a. 犬は 家に 入ろうと して いる。 （小狗試圖進到家裡來。） b. 日が 暮れようと して いる。 （太陽快要下山了。）

（3）如何從辭書形變成意向形

【口訣】
▶ 動五尾「う段音」改「お段音」＋「う」。
▶ 動一去尾「る」＋「よう」。
▶ カ變「来る」是「来よう」。
▶ サ變「する」是「しよう」。

動五＝Ｉ類；動一＝Ⅱ類；カ變・サ變＝Ⅲ類

➡ 辭書形變意向形 ‥‥‥‥‥‥‥‥‥‥‥‥‥

請對照五十音表，找出動五的變化規則。

わ	ら	や	ま	は	な	た	さ	か	あ	
	り		み	ひ	に	ち	し	き	い	
	る	ゆ	む	ふ	ぬ	つ	す	く	う	辞書形
	れ		め	へ	ね	て	せ	け	え	
を	ろ	よ	も	ほ	の	と	そ	こ	お	意向形

● 動五（Ⅰ類）

詞尾「う段音」改成「お段音」＋「う」。

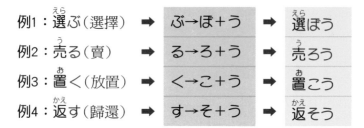

例1：選ぶ（選擇） ➡ ぶ→ぼ＋う ➡ 選ぼう

例2：売る（賣） ➡ る→ろ＋う ➡ 売ろう

例3：置く（放置） ➡ く→こ＋う ➡ 置こう

例4：返す（歸還） ➡ す→そ＋う ➡ 返そう

● 動一（Ⅱ類）

去「る」＋「よう」。

例1：生きる（活著） ➡ 去る＋よう ➡ 生きよう

例2：出かける（出門） ➡ 去る＋よう ➡ 出かけよう

例3：別れる（分離） ➡ 去る＋よう ➡ 別れよう

● 力變・サ變（Ⅲ類）

直接變。

力變：来る（來） ➡ 直接變 ➡ 来よう

サ變：する（做） ➡ 直接變 ➡ しよう

動動手動動腦

☞動詞變化練習（將下表的動詞辭書形改成意向形）

辭書形	中文意義	意向形
<ruby>飾<rt>かざ</rt></ruby>る〔動五〕	裝飾	①
<ruby>進<rt>すす</rt></ruby>む〔動五〕	進行；前進	②
<ruby>出<rt>だ</rt></ruby>す〔動五〕	取出	③
<ruby>習<rt>なら</rt></ruby>う〔動五〕	學習	④
<ruby>待<rt>ま</rt></ruby>つ〔動五〕	等待	⑤
<ruby>払<rt>はら</rt></ruby>う〔動五〕	付（錢）	⑥
<ruby>沸<rt>わ</rt></ruby>かす〔動五〕	煮沸，燒熱	⑦
<ruby>急<rt>いそ</rt></ruby>ぐ〔動五〕	急忙	⑧
<ruby>祈<rt>いの</rt></ruby>る〔動五〕	祈禱	⑨
<ruby>借<rt>か</rt></ruby>りる〔動一〕	借（入）	⑩
<ruby>開<rt>あ</rt></ruby>ける〔動一〕	打開	⑪
<ruby>変<rt>か</rt></ruby>える〔動一〕	改變	⑫
<ruby>来<rt>く</rt></ruby>る〔カ變〕	來	⑬
<ruby>相談<rt>そうだん</rt></ruby>する〔サ變〕	商量	⑭
<ruby>用意<rt>ようい</rt></ruby>する〔サ變〕	準備	⑮

動五＝Ⅰ類；動一＝Ⅱ類；カ變・サ變＝Ⅲ類

★解答在P.99

91

☞相關應用練習

①一起練習網球吧。【練習する〔サ變〕】
　一緒に　テニスを（　　　　　　　　）。

②慢慢想吧。【考える〔動一〕】
　ゆっくり（　　　　　　　　　　）。

③我想三十歲左右結婚。【結婚する〔サ變〕】
　三十歲ごろに（　　　　　　　　）と　思って　います。

④我想每天運動【運動する〔サ變〕】
　毎日（　　　　　　　　　）と　思って　います。

⑤正打算進教室時，老師來了。【入る〔動五〕】
　教室に（　　　　　　　　）と　思った　時に　先生が　来ました。

★解答在P.99

「ます形變變變」專為習慣以ます形轉換其他變化形的讀者所設計，
如果你習慣以辭書形來轉換其他形，則此部分可以跳過不看喔！

如何從ます形變成意向形

：現在很多日語學習書的單字表都是動詞ます形，
那要如何變成意向形呢？

▶ I類去「ます」，「い段音」改「お段音」＋「う」。【口訣】
▶ II類去「ます」＋「よう」。
▶ III類「来ます」是「来よう」，「します」是「しよう」。

I類＝動五；II類＝動一；III類＝カ變・サ變

➡ ます形變意向形

請對照五十音
表，找出I類的
變化規則。

わ	ら	や	ま	は	な	た	さ	か	あ	
	り		み	ひ	に	ち	し	き	い	ます形
	る	ゆ	む	ふ	ぬ	つ	す	く	う	
	れ		め	へ	ね	て	せ	け	え	
を	ろ	よ	も	ほ	の	と	そ	こ	お	意向形

● I類（動五）

去「ます」，將「い段音」改成「お段音」＋「う」。

例1：行きます（去） ➡ 去ます；き→こ＋う ➡ 行こう

例2：押します（推；按） ➡ 去ます；し→そ＋う ➡ 押そう

例3：死にます（死） ➡ 去ます；に→の＋う ➡ 死のう

例4：座ります（坐） ➡ 去ます；り→ろ＋う ➡ 座ろう

● II 類（動一）

去「ます」＋「よう」。

例1：借ります（借(入)) ➡ 去ます＋よう ➡ 借りよう

例2：食べます（吃) ➡ 去ます＋よう ➡ 食べよう

例3：出ます（出去,出來) ➡ 去ます＋よう ➡ 出よう

● III 類（カ變・サ變）

直接變。

カ變：来ます（來) ➡ 直接變 ➡ 来よう

サ變：します（做) ➡ 直接變 ➡ しよう

動動手動動腦

☞動詞變化練習（將下表的動詞ます形改成意向形）

ます形	中文意義	意向形
会います〔Ⅰ類〕	見面	①
変わります〔Ⅰ類〕	改變	②
行います〔Ⅰ類〕	舉行	③
遊びます〔Ⅰ類〕	遊玩	④
脱ぎます〔Ⅰ類〕	脫	⑤
頼みます〔Ⅰ類〕	請託	⑥
打ちます〔Ⅰ類〕	拍・打	⑦
起こします〔Ⅰ類〕	喚醒	⑧
考えます〔Ⅱ類〕	思考	⑨
逃げます〔Ⅱ類〕	逃跑	⑩
育てます〔Ⅱ類〕	養育	⑪
着ます〔Ⅱ類〕	穿（衣服）	⑫
来ます〔Ⅲ類〕	來	⑬
生産します〔Ⅲ類〕	生產	⑭
運動します〔Ⅲ類〕	運動	⑮

Ⅰ類＝動五；Ⅱ類＝動一；Ⅲ類＝力變・サ變

★解答在P.99

動動手動動腦解答

★P.29

① 歌う
② 洗う
③ 遊ぶ
④ 聞く
⑤ 立つ
⑥ 送る
⑦ 降る
⑧ 売る
⑨ 落ちる
⑩ 締める
⑪ 生まれる
⑫ 浴びる
⑬ 晴れる
⑭ 来る
⑮ する

★P.37

① 立ちます
② 買います
③ 吸います
④ 撮ります
⑤ 書きます
⑥ 聞きます
⑦ 会います
⑧ 押します
⑨ 飲みます
⑩ あげます
⑪ 借ります
⑫ 見せます
⑬ 覚えます
⑭ 調べます
⑮ 疲れます

★P.38～39

① ❹
② ❸
③ ❷
④ ❹
⑤ ❶
⑥ ❸
⑦ ❶
⑧ ❹
⑨ ❹
⑩ ❶
⑪ ❷
⑫ ❶

★P.46

① 飛んで
② 盗んで
③ 釣って
④ 待って
⑤ 怒って
⑥ 泳いで
⑦ 消して
⑧ 走って
⑨ 済んで
⑩ 過ぎて
⑪ 考えて
⑫ 捨てて
⑬ 来て
⑭ 電話して
⑮ 競争して

★P.47～48

① ❷
② ❶
③ ❹
④ ❸
⑤ ❷
⑥ ❶
⑦ ❸
⑧ ❶
⑨ ❹
⑩ ❸
⑪ ❶
⑫ ❶

★P.51

① 乗って
② 空いて
③ 入って
④ 立って
⑤ 怒って
⑥ 泳いで
⑦ 消して
⑧ 知って

⑨学んで ⑩過ぎて ⑪考えて ⑫捨てて
⑬来て ⑭運動して ⑮約束して

★P.56
①怒った ②遊んだ ③釣った ④泳いだ
⑤話した ⑥走った ⑦済んだ ⑧並んだ
⑨壊した ⑩過ぎた ⑪食べた ⑫捨てた
⑬来た ⑭支度した ⑮失敗した

★P.57～58
①❶ ②❹ ③❹ ④❸ ⑤❷ ⑥❸
⑦❷ ⑧❸ ⑨❹ ⑩❹ ⑪❶ ⑫❸

★P.61
①合った ②探した ③叱った ④包んだ
⑤怒った ⑥進んだ ⑦消した ⑧送った
⑨運んだ ⑩過ぎた ⑪伝えた ⑫変えた
⑬来た ⑭翻訳した ⑮戦争した

★P.67
①知らない ②立たない ③切らない ④待たない
⑤入らない ⑥聞かない ⑦働かない ⑧休まない
⑨急がない ⑩使わない ⑪開けない ⑫捨てない
⑬来ない ⑭案内しない ⑮散歩しない

★P.68
①❸ ②❶ ③❸ ④❸
⑤❷ ⑥❹

★P.71
①やらない ②呼ばない ③買わない ④待たない
⑤消さない ⑥吹かない ⑦休まない ⑧遊ばない
⑨痩せない ⑩続けない ⑪尋ねない ⑫見えない
⑬来ない ⑭計画しない ⑮経験しない

★P.75
①言えば ②立てば ③急げば ④歌えば
⑤思えば ⑥住めば ⑦座れば ⑧休めば
⑨使えば ⑩作れば ⑪止めれば ⑫出かければ
⑬来れば ⑭利用すれば ⑮出発すれば

★P.76
①考えれば考える ②聞けば聞く ③読めば
④なれば ⑤あれば

★P.79
①足せば ②釣れば ③手伝えば ④鳴れば
⑤直せば ⑥喜べば ⑦運べば ⑧通れば
⑨褒めれば ⑩壊れれば ⑪調べれば ⑫足りれば
⑬来れば ⑭注射すれば ⑮世話すれば

★P.83
①泳げ ②呼べ ③磨け ④飲め
⑤待て ⑥貼れ ⑦話せ ⑧走れ
⑨忘れろ ⑩食べろ ⑪答えろ ⑫知らせろ
⑬来い ⑭練習しろ ⑮勉強しろ

★P.84
①話せ　②しろ　③急げ　④止まれ　⑤触るな　⑥見ろ

★P.87
①探せ　②書け　③撮れ　④言え
⑤踏め　⑥持て　⑦渡せ　⑧踊れ
⑨集めろ　⑩やめろ　⑪始めろ　⑫投げろ
⑬来い　⑭中止しろ　⑮予習しろ

★P.91
①飾ろう　②進もう　③出そう　④習おう
⑤待とう　⑥払おう　⑦沸かそう　⑧急ごう
⑨祈ろう　⑩借りよう　⑪開けよう　⑫変えよう
⑬来よう　⑭相談しよう　⑮用意しよう

★P.92
①練習しよう　②考えよう　③結婚しよう
④運動しよう　⑤入ろう

★P.95
①会おう　②変わろう　③行おう　④遊ぼう
⑤脱ごう　⑥頼もう　⑦打とう　⑧起こそう
⑨考えよう　⑩逃げよう　⑪育てよう　⑫着よう
⑬来よう　⑭生産しよう　⑮運動しよう

第三章

動詞的進階變化（其他變化形）

本章重點

一、可能形

二、被動形

三、使役形

四、使役被動形

一、可能形（＝辭書形＋ことができる）

（1）基本定義

☞ 表示能力上「能夠、可以」，或表示狀況上「有可能」。
中文：能夠、可以

☞ 用法等同句型「動詞辭書形＋ことが　できる」
例：字を　書くことが　できる。＝字が　書ける。（會寫字）

☞ 可能形一定是動一（Ⅱ類），不管是哪一類型的動詞，
改成「可能形」後都是動一（Ⅱ類）。

☞ 可能形都是自動詞，所以原先在他動詞前面的助詞「を」
要變成「が」，其他助詞則不變。
例：日本語を　話す　➡　日本語が　話せる
（說日語）　　　　　（會說日語）
例：電車で　行く　➡　電車で　行ける
（搭電車去）　　　　（搭電車能到）

（2）如何從辭書形變成可能形

【口訣】

▶ 動五尾「う段音」改「え段音」＋「る」。

▶ 動一去尾「る」＋「られる」。

▶ カ變「来る」是「来られる」。

▶ サ變「する」是「できる」。

動五＝Ⅰ類；動一＝Ⅱ類；カ變・サ變＝Ⅲ類

➡️ 辭書形變可能形 ‥‥‥‥‥‥‥‥‥‥‥‥‥‥‥‥‥‥

請對照五十音表，找出動五的變化規則。

わ	ら	や	ま	は	な	た	さ	か	あ	
	り		み	ひ	に	ち	し	き	い	
	る	ゆ	む	ふ	ぬ	つ	す	く	う	辞書形
	れ		め	へ	ね	て	せ	け	え	可能形
を	ろ	よ	も	ほ	の	と	そ	こ	お	

●動五（Ⅰ類）

詞尾「う段音」改成「え段音」＋「る」。

例1：言う（說） ➡ う→え＋る ➡ 言える

例2：泳ぐ（游泳） ➡ ぐ→げ＋る ➡ 泳げる

例3：行く（去） ➡ く→け＋る ➡ 行ける

例4：読む（閱讀） ➡ む→め＋る ➡ 読める

●動一（Ⅱ類）

去「る」＋「られる」。

例1：起きる（起床） ➡ 去る＋られる ➡ 起きられる

例2：見る（看） ➡ 去る＋られる ➡ 見られる

例3：食べる（吃） ➡ 去る＋られる ➡ 食べられる

●カ變・サ變（Ⅲ類）

直接變。

カ變：来る（來） ➡ 直接變 ➡ 来られる

サ變：する（做） ➡ 直接變 ➡ できる

動動手動動腦

☞動詞變化練習（將下表的動詞辭書形改成可能形）

辭書形	中文意義	可能形
渡す〔動五〕	交付	①
弾く〔動五〕	彈奏	②
なる〔動五〕	變成	③
使う〔動五〕	使用	④
待つ〔動五〕	等待	⑤
乗る〔動五〕	搭乘	⑥
選ぶ〔動五〕	選擇	⑦
走る〔動五〕	跑	⑧
生きる〔動一〕	活著	⑨
受ける〔動一〕	接受	⑩
逃げる〔動一〕	逃跑	⑪
決める〔動一〕	決定	⑫
来る〔力變〕	來	⑬
安心する〔サ變〕	安心	⑭
出席する〔サ變〕	出席	⑮

動五＝Ⅰ類；動一＝Ⅱ類；力變・サ變＝Ⅲ類

★解答在P.138

☞請將「辭書形+ことができる」改成動詞可能形

①我會說法文。【話す〔動五〕】
　私は フランス語を 話すことが できます。
　私は フランス語 （　）（　　　　　　　　　）。

②我在游泳池能游五百公尺。【泳ぐ〔動五〕】
　私は プールで ５００メートル 泳ぐことが できます。
　私は プールで ５００メートル （　　　　　　　　）。

③在這裡可以蓋公園。【建てる〔動一〕：建造】
　ここで 公園を 建てることが できる。
　ここで 公園 （　）（　　　　　　　　）。

④敢吃生魚片。【食べる〔動一〕】
　刺身を 食べることが できる。
　刺身 （　）（　　　　　　　）。

⑤明天早上五點起不來。【起きる〔動一〕：起床】
　あしたの 朝 五時に 起きることが できない。
　あしたの 朝 五時に （　　　　　　　）。

★解答在P.138

105

如何從ます形變成可能形

：現在很多日語學習書的單字表都是動詞ます形，
那要如何變成可能形呢？

> ▶ I類去「ます」，「い段音」改「え段音」＋「る」。
>
> ▶ II類去「ます」＋「られる」。
>
> ▶ III類「来ます」是「来られる」，「します」是「できる」。

【口訣】

I類＝動五；II類＝動一；III類＝カ變・サ變

➡ ます形變可能形 ‥‥‥‥‥‥‥‥‥‥‥‥‥

請對照五十音
表，找出I類的
變化規則。

わ	ら	や	ま	は	な	た	さ	か	あ	
	り		み	ひ	に	ち	し	き	い	ます形
	る	ゆ	む	ふ	ぬ	つ	す	く	う	
	れ		め	へ	ね	て	せ	け	え	可能形
を	ろ	よ	も	ほ	の	と	そ	こ	お	

● I類（動五）

去「ます」，將「い段音」改成「え段音」＋「る」。

例1：会<small>あ</small>います（見面）　➡　去ます；い→え＋る　➡　会<small>あ</small>える

例2：選<small>えら</small>びます（選擇）　➡　去ます；び→べ＋る　➡　選<small>えら</small>べる

例3：住<small>す</small>みます（居住）　➡　去ます；み→め＋る　➡　住<small>す</small>める

例4：帰<small>かえ</small>ります（回家）　➡　去ます；り→れ＋る　➡　帰<small>かえ</small>れる

● Ⅱ類（動一）

去「ます」＋「られる」。

例1：見ます（看）　➡　去ます＋られる　➡　見られる

例2：答えます（回答）　➡　去ます＋られる　➡　答えられる

例3：続けます（繼續）　➡　去ます＋られる　➡　続けられる

● Ⅲ類（カ變・サ變）

直接變。

カ變：来ます（來）　➡　直接變　➡　来られる

サ變：します（做）　➡　直接變　➡　できる

動動手動動腦

☞動詞變化練習（將下表的動詞ます形改成可能形）

ます形	中文意義	可能形
集^{あつ}まります〔Ⅰ類〕	聚集	①
打^うちます〔Ⅰ類〕	拍，打	②
足^たします〔Ⅰ類〕	添加	③
手伝^{てつだ}います〔Ⅰ類〕	幫忙	④
休^{やす}みます〔Ⅰ類〕	休息；請假	⑤
勝^かちます〔Ⅰ類〕	勝利	⑥
直^{なお}します〔Ⅰ類〕	修理；修正	⑦
思^{おも}います〔Ⅰ類〕	想；認為	⑧
あげます〔Ⅱ類〕	給	⑨
考^{かんが}えます〔Ⅱ類〕	思考	⑩
調^{しら}べます〔Ⅱ類〕	調查	⑪
比^{くら}べます〔Ⅱ類〕	比較	⑫
来^きます〔Ⅲ類〕	來	⑬
説明^{せつめい}します〔Ⅲ類〕	說明	⑭
卒業^{そつぎょう}します〔Ⅲ類〕	畢業	⑮

Ⅰ類＝動五；Ⅱ類＝動一；Ⅲ類＝カ變・サ變

★解答在P.138

ます形 變變變

二、被動形（〜れる・られる）

(1) 基本定義

☞ 又稱「受身形」，日文的「受身（うけみ）」即中文的「被動」之意。
　例：先生（せんせい）に 叱（しか）られる。（被老師罵。）

☞ 被動形一定是動一（Ⅱ類），不管是哪一類型的動詞，改
　成「被動形」後都是動一（Ⅱ類）。

☞ 被動句「被某人……」中的某人，用助詞「に」表示。
　例：先生（せんせい）に 叱（しか）られる。（被老師罵。）

☞ 被動句「從某人…」中的某人，助詞用「に」或「から」皆可。
　例：先生（せんせい）から／に 講義（こうぎ）の テキストを 渡（わた）された。
　　　（從老師那邊拿到上課的課本。）

☞ 辭書形如何變被動形見p.112。

部分表示狀態的
動詞，像「ある（有）・でき
る（做得到）・見える（看得
見）……」是沒有被動形的
喔！

（2）被動形的用法

被動句可依主詞是不是「人」，分為兩類用法。

用法一：當主詞是人時

①表示「行為者」與「接受行為者」的雙向互動，這類動詞有「褒（ほ）める（稱讚）、招待（しょうたい）する（邀請）、助（たす）ける（幫助）、頼（たの）む（請託）、誘（さそ）う（引誘；邀約）」等。

例：先生（せんせい）は 私（わたし）を 褒（ほ）めました。　　（老師稱讚我。）
➡私（わたし）は 先生（せんせい）に 褒（ほ）められました。（我被老師稱讚。）

例：川口（かわぐち）さんは 私（わたし）を パーティーに 招待（しょうたい）しました。
　　（川口先生邀請我參加派對。）
➡私（わたし）は 川口（かわぐち）さんの パーティーに 招待（しょうたい）されました。
　　（我被川口先生邀請參加派對。）

注意！如果是自己所有物受到某些行為時，還是必須以人為主詞，如下列例句中「私（わたし）のケーキ」「私（わたし）の足（あし）」是不可當主詞的。

例：妹（いもうと）が 私（わたし）の ケーキを 食（た）べました。
　　（妹妹吃掉了我的蛋糕。）
➡私（わたし）の ケーキは 妹（いもうと）に 食（た）べられました。　（×）
➡私（わたし）は 妹（いもうと）に ケーキを 食（た）べられました。　（○）
　　（我的蛋糕被妹妹吃掉了。）

例：田中さんが 私の 足を 踏みました。
（田中先生踩到我的腳。）
➡私の 足は 田中さんに 踏まれました。 （×）
➡私は 田中さんに 足を 踏まれました。 （○）
（我的腳被田中先生踩到。）

②用於表示主詞對外界的打擾或行為，感到困擾、不悅
或難過時。

例：電車の 中で 子供に 泣かれました。←感困擾
（在電車中小孩哭了。）
例：おととし 父に 死なれました。←感難過
（前年父親去世了。）

用法二：當主詞是事物時

用於將人為的事或物列為主題做敘述時。

例：去年 学校が この研究室を 建てました。
（學校去年蓋了這間研究室。）
➡この研究室は 去年 建てられました。
（這間研究室是去年蓋好的。）

例：人が この小説を 二年前に 書きました。
（人們兩年前寫了這本小說。）
➡この小説は 二年前に 書かれました。
（這本小說是兩年前寫的。）

（3）如何從辭書形變成被動形

▶ 動五尾「う段音」改「あ段音」＋「れる」。
　※尾「う」則改「わ」＋「れる」。
▶ 動一去「る」＋「られる」。
▶ カ變「来(く)る」是「来(こ)られる」。
▶ サ變「する」是「される」。

【口訣】

動五＝Ⅰ類；動一＝Ⅱ類；カ變・サ變＝Ⅲ類

➡ 辭書形變被動形 ···

請對照五十音
表，找出動五的
變化規則。

わ	ら	や	ま	は	な	た	さ	か	あ	被動形
	り		み	ひ	に	ち	し	き	い	
	る	ゆ	む	ふ	ぬ	つ	す	く	う	辞書形
	れ		め	へ	ね	て	せ	け	え	
を	ろ	よ	も	ほ	の	と	そ	こ	お	

わ

● 動五（Ⅰ類）

將詞尾「う段音」改成「あ段音」＋「れる」。但若詞尾是
「う」，則「う」要改成「わ」＋「れる」。

例1：呼(よ)ぶ（呼叫）　➡　ぶ→ば＋れる　➡　呼(よ)ばれる

例2：出(だ)す（交出）　➡　す→さ＋れる　➡　出(だ)される

★ 例3：言(い)う（說）　➡　う→わ＋れる　➡　言(い)われる

另類思考 也可以想成是**動五的ない形去「ない」＋「れる」**。

例4：切る（切；割）　➡　切らない＋れる　➡　切られる

★ 例5：笑う（笑）　➡　笑わない＋れる　➡　笑われる

● 動一（Ⅱ類）

去「る」＋「られる」。

例1：見る（看）　➡　去る＋られる　➡　見られる

例2：開ける（打開）　➡　去る＋られる　➡　開けられる

例3：捨てる（丟棄）　➡　去る＋られる　➡　捨てられる

注意

動一（Ⅱ類）的被動形與可能形一模一樣，語意上要小心別搞混了喔！

● カ變・サ變（Ⅲ類）

直接變。

カ變：来る（來）　➡　直接變　➡　来られる

サ變：する（做）　➡　直接變　➡　される

動動手動動腦

☞動詞變化練習（將下表的動詞辭書形改成被動形）

辭書形	中文意義	被動形
笑う〔動五〕	笑	①
喜ぶ〔動五〕	喜悅	②
磨く〔動五〕	刷；磨	③
並ぶ〔動五〕	排列；排隊	④
無くす〔動五〕	丟失	⑤
もらう〔動五〕	領受	⑥
叱る〔動五〕	責罵	⑦
聞く〔動五〕	聽；問	⑧
見つける〔動一〕	找出	⑨
漬ける〔動一〕	醃漬；浸	⑩
褒める〔動一〕	稱讚	⑪
投げる〔動一〕	投擲	⑫
来る〔カ變〕	來	⑬
輸入する〔サ變〕	進口	⑭
放送する〔サ變〕	廣播	⑮

動五＝Ⅰ類；動一＝Ⅱ類；カ變・サ變＝Ⅲ類

★解答在P.138

☞將下列語句改成被動句

①那個人欺負我。【いじめる〔動一〕】

　あの人が　私を　いじめた。

⇒私は（　　　　　　　　　　　　　　　　　　）。

②小偷偷了我的錢。【盗む〔動五〕】

　泥棒が　私の　お金を　盗みました。

⇒私は（　　　　　　　　　　　　　　　　　　）。

③明天有考試但是朋友今晚要來。【来る〔力變〕】

　あした　試験が　あるのに、今晩　友達が　来ます。

⇒あした　試験が　あるのに、今晩　（　　　　　　　　　　　）。

④昨晚隔壁的狗叫了一整晚，我根本無法睡。

　【鳴く〔動五〕：鳴叫】

　ゆうべ　一晩中　隣の犬が　鳴きました。眠れませんでした。

⇒ゆうべ　一晩中　（　　　　　　　　　　　　　　）。

　眠れませんでした。

★解答在P.138

如何從ます形變成被動形

：現在很多日語學習書的單字表都是動詞ます形，
那要如何變成被動形呢？

【口訣】

> ▶ I類去「ます」，「い段音」改「あ段音」＋「れる」。
>
>   ※「～います」則改「～われる」。
>
> ▶ II類去「ます」＋「られる」。
>
> ▶ III類「来ます」是「来られる」，「します」是「される」

I類＝動五；II類＝動一；III類＝カ變・サ變

➡ ます形變被動形 ·······························

請對照五十音
表，找出I類的
變化規則。

わ	ら	や	ま	は	な	た	さ	か	あ	被動形
	り		み	ひ	に	ち	し	き	い	ます形
	る	ゆ	む	ふ	ぬ	つ	す	く	う	
	れ		め	へ	ね	て	せ	け	え	
を	ろ	よ	も	ほ	の	と	そ	こ	お	

（わ）

● I類（動五）

去「ます」，將「い段音」改成「あ段音」＋「れる」。但若
詞尾是「います」，則改成「われる」。

例1：やります（做） ➡ 去ます；り→ら＋れる ➡ やられる

例2：飲みます（喝） ➡ 去ます；み→ま＋れる ➡ 飲まれる

★ 例3：言います（說） ➡ います→われる ➡ 言われる

另類思考 也可以想成是 I 類的ない形去「ない」＋「れる」。

例4：取ります（拿取）　➡　取らない＋れる　➡　取られる

★ 例5：笑います（笑）　➡　笑わない＋れる　➡　笑われる

● II 類（動一）

去「ます」＋「れる」。

例1：見ます（看）　➡　去ます＋られる　➡　見られる

例2：比べます（比較）　➡　去ます＋られる　➡　比べられる

例3：変えます（改變）　➡　去ます＋られる　➡　変えられる

注意！

II類（動一）的被動形與可能形一模一樣，語意上要小心別搞混了喔！

● III 類（カ變・サ變）

直接變。

カ變：来ます（來）　➡　直接變　➡　来られる

サ變：します（做）　➡　直接變　➡　される

動動手動動腦

☞動詞變化練習（將下表的動詞ます形改成被動形）

ます形	中文意義	被動形
拾^{ひろ}います〔Ⅰ類〕	撿，拾	①
泣^なきます〔Ⅰ類〕	哭泣	②
取^とります〔Ⅰ類〕	拿取	③
盗^{ぬす}みます〔Ⅰ類〕	偷竊	④
吹^ふきます〔Ⅰ類〕	吹	⑤
言^いいます〔Ⅰ類〕	說	⑥
落^おとします〔Ⅰ類〕	掉落；丟失	⑦
折^おります〔Ⅰ類〕	折	⑧
開^あけます〔Ⅱ類〕	打開	⑨
並^{なら}べます〔Ⅱ類〕	排列	⑩
変^かえます〔Ⅱ類〕	改變	⑪
忘^{わす}れます〔Ⅱ類〕	忘記	⑫
来^きます〔Ⅲ類〕	來	⑬
見物^{けんぶつ}します〔Ⅲ類〕	遊覽，參觀	⑭
用意^{ようい}します〔Ⅲ類〕	準備	⑮

Ⅰ類＝動五；Ⅱ類＝動一；Ⅲ類＝カ變・サ變

★解答在P.139

三、使役形（～せる・させる）

(1) 基本定義

☞用於表示主詞指示他人做某事時，意思為「A讓B做～；
　A要B做～」。

　例：お母さんは　子供に　宿題を　書かせる。
　　　（媽媽讓小孩寫作業。）

☞亦可表示主詞營造出讓某人「笑」或「哭」等的狀況，意
　思為「因A做了...而讓B～」。

　例：赤ちゃんを　泣かせた。（把嬰兒弄哭了。）

☞使役形一定是動一（Ⅱ類），不管是哪一類型的動詞，
　改成「使役形」後都是動一（Ⅱ類）。

(2) 使役形的用法

　　使役句的句型可以根據動詞是自動詞或他動詞，分三種
句型。　✐關於「自動詞」與「他動詞」，請見本書第四章。

A.（主語）は　（人）を　（自動詞使役形）

B.（主語）は　（人）に　（場所）を　（移動性自動詞使役形）

C.（主語）は　（人）に　（目的語）を　（他動詞使役形）

✐日語的「目的語」相當於中文的「受詞」。

用法一：自動詞

A. （主語）は （人）を （自動詞使役形）

例：[田中先生拿蟲給鈴木小姐看]

➡鈴木さんは びっくりしました。

（鈴木小姐嚇了一跳。）

➡田中さんは 鈴木さん**を** びっくりさせました。

（田中先生讓鈴木小姐嚇了一跳。）

B. （主語）は （人）に （場所）を （移動性自動詞使役形）

例：[老師要學生跑操場]

➡学生が 運動場**を** 走る。（學生跑操場。）

➡先生は 学生**に** 運動場**を** 走らせる。

（老師讓學生在操場跑。）

用法二：他動詞

C. （主語）は （人）に （目的語）を （他動詞使役形）

例：[老師對山崎同學說：「唸這篇作文」]

➡山崎さんは この作文**を** 読みました。

（山崎同學唸了這篇作文。）

➡先生は 山崎さん**に** この作文**を** 読ませました。

（老師要山崎同學唸這篇作文。）

（3）如何從辭書形變成使役形

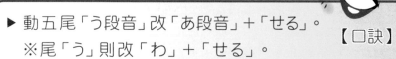

▶ 動五尾「う段音」改「あ段音」＋「せる」。
　　※尾「う」則改「わ」＋「せる」。
▶ 動一去「る」＋「させる」。
▶ 力變「来(く)る」是「来(こ)させる」。
▶ サ變「する」是「させる」。

【口訣】

　　　　　　　動五＝Ⅰ類；動一＝Ⅱ類；力變・サ變＝Ⅲ類

➡辭書形變使役形 ‧‧‧‧‧‧‧‧‧‧‧‧‧‧‧‧‧‧‧‧‧‧‧‧‧‧‧‧‧‧‧‧

　　請對照五十音表，找出動五的變化規則。

わ	ら	や	ま	は	な	た	さ	か	あ	使役形
	り		み	ひ	に	ち	し	き	い	
	る	ゆ	む	ふ	ぬ	つ	す	く	う	辞書形
	れ		め	へ	ね	て	せ	け	え	
を	ろ	よ	も	ほ	の	と	そ	こ	お	

●動五（Ⅰ類）

將詞尾「う段音」改成「あ段音」＋「せる」。但若詞尾是「う」，則「う」要改成「わ」＋「せる」。

例1：歩(ある)く（走路）　➡　く→か＋せる　➡　歩(ある)かせる

例2：移(うつ)る（遷移）　➡　る→ら＋せる　➡　移(うつ)らせる

★ 例3：合(あ)う（適合）　➡　う→わ＋せる　➡　合(あ)わせる

另類思考 也可以想成是**動五的ない形去「ない」+「せる」**。

例4：立<ruby>た<rt>た</rt></ruby>つ（站立）　➡　立<ruby>た<rt>た</rt></ruby>たない+せる　➡　立<ruby>た<rt>た</rt></ruby>たせる

★ 例5：言<ruby>い<rt>い</rt></ruby>う（說）　➡　言<ruby>い<rt>い</rt></ruby>わない+せる　➡　言<ruby>い<rt>い</rt></ruby>わせる

● 動一（Ⅱ類）

去「る」+「させる」。

例1：落<ruby>お<rt>お</rt></ruby>ちる（掉落）　➡　去る+させる　➡　落<ruby>お<rt>お</rt></ruby>ちさせる

例2：食<ruby>た<rt>た</rt></ruby>べる（吃）　➡　去る+させる　➡　食<ruby>た<rt>た</rt></ruby>べさせる

例3：始<ruby>はじ<rt>はじ</rt></ruby>める（開始）　➡　去る+させる　➡　始<ruby>はじ<rt>はじ</rt></ruby>めさせる

● カ變・サ變（Ⅲ類）

直接變。

カ變：来<ruby>く<rt>く</rt></ruby>る（來）　➡　直接變　➡　来<ruby>こ<rt>こ</rt></ruby>させる

サ變：する（做）　➡　直接變　➡　させる

動動手動動腦

☞動詞變化練習（將下表的動詞辭書形改成使役形）

辭書形	中文意義	使役形
困る〔動五〕	困擾	①
立つ〔動五〕	站立	②
直す〔動五〕	修理；修正	③
呼ぶ〔動五〕	呼叫；稱做	④
払う〔動五〕	付（錢）	⑤
持つ〔動五〕	拿；持有	⑥
分かる〔動五〕	知道；懂	⑦
書く〔動五〕	寫	⑧
答える〔動一〕	回答	⑨
届ける〔動一〕	遞送	⑩
やめる〔動一〕	終止；取消	⑪
続ける〔動一〕	繼續	⑫
来る〔カ變〕	來	⑬
翻訳する〔サ變〕	翻譯	⑭
心配する〔サ變〕	擔心	⑮

動五＝Ⅰ類；動一＝Ⅱ類；カ變・サ變＝Ⅲ類

★解答在P.139

☞完成使役語氣的句子

①老師要田中同學站著。【立つ〔動五〕】
　　先生は 田中さん（　　　）（　　　　　　　）。

②媽媽讓小孩在庭院裡玩。【遊ぶ〔動五〕】
　　お母さんは 子供（　　　）庭で（　　　　　　　）。

③社長要鈴木先生來公司。【来る〔力變〕】
　　社長は 鈴木さん（　　　）会社へ（　　　　　　　）。

④老師讓我坐後排的位子。【座る〔動五〕】
　　先生は 私（　　　）後ろの 席に（　　　　　　　）。

⑤爸爸要弟弟洗車。【洗う：〔動五〕】
　　父は 弟（　　　）車を（　　　　　　　）。

⑥老師要我們背課文。【覚える〔動一〕】
　　先生は 私たち（　　　）テキストを（　　　　　　　）。

⑦媽媽要我買蛋。【買う〔動五〕】
　　母は 私（　　　）卵を（　　　　　　　）。

⑧山本先生讓小林小姐翻譯日文。【翻訳する〔サ變〕】
　　山本さんは 小林さん（　　　）日本語を（　　　　　　　）。

★解答在P.139

「ます形變變變」專為習慣以ます形轉換其他變化形的讀者所設計，
如果你習慣以辭書形來轉換其他形，則此部分可以跳過不看喔！

如何從ます形變成使役形

：現在很多日語學習書的單字表都是動詞ます形，
那要如何變成使役形呢？

【口訣】

▶ I類去「ます」，「い段音」改「あ段音」＋「せる」。
　※「～います」則改「～わせる」。
▶ II類去「ます」＋「させる」。
▶ III類「来ます」是「来させる」，「します」是「させる」

I類＝動五；II類＝動一；III類＝カ變・サ變

➡ ます形變使役形

請對照五十音
表，找出I類的
變化規則。

わ	ら	や	ま	は	な	た	さ	か	あ	使役形
	り		み	ひ	に	ち	し	き	い	ます形
	る	ゆ	む	ふ	ぬ	つ	す	く	う	
	れ		め	へ	ね	て	せ	け	え	
を	ろ	よ	も	ほ	の	と	そ	こ	お	

● I類（動五）

去「ます」，將「い段音」改成「あ段音」＋「せる」。但若
詞尾是「います」，則改成「わせる」。

例1：行きます（去）➡ 去ます；き→か＋せる ➡ 行かせる

例2：死にます（死）➡ 去ます；に→な＋せる ➡ 死なせる

★ 例3：言います（說）➡ います→わせる ➡ 言わせる

125

類考 另思 也可以想成是 I 類的ない形去「ない」+「せる」。

例4：怒ります（生氣） ➡ 怒らない+せる ➡ 怒らせる

★ 例5：笑います（笑） ➡ 笑わない+せる ➡ 笑わせる

● II 類（動一）

去「ます」+「させる」。

例1：着ます（穿） ➡ 去ます+させる ➡ 着させる

例2：集めます（收集） ➡ 去ます+させる ➡ 集めさせる

例3：下げます（放下） ➡ 去ます+させる ➡ 下げさせる

● カ變・サ變（III 類）

直接變。

カ變：来ます（來） ➡ 直接變 ➡ 来させる

サ變：します（做） ➡ 直接變 ➡ させる

動動手動動腦

☞動詞變化練習（將下表的動詞ます形改成使役形）

ます形	中文意義	使役形
作_{つく}ります〔Ⅰ類〕	製作	①
飲_のみます〔Ⅰ類〕	喝；吃（藥）	②
泳_{およ}ぎます〔Ⅰ類〕	游泳	③
鳴_なきます〔Ⅰ類〕	（鳥獸）鳴叫	④
待_まちます〔Ⅰ類〕	等待	⑤
帰_{かえ}ります〔Ⅰ類〕	回家	⑥
会_あいます〔Ⅰ類〕	見面	⑦
売_うります〔Ⅰ類〕	賣	⑧
投_なげます〔Ⅱ類〕	投擲	⑨
迎_{むか}えます〔Ⅱ類〕	迎接	⑩
始_{はじ}めます〔Ⅱ類〕	開始	⑪
寝_ねます〔Ⅱ類〕	睡覺	⑫
来_きます〔Ⅲ類〕	來	⑬
挨拶_{あいさつ}します〔Ⅲ類〕	問候；致詞	⑭
怪我_{けが}します〔Ⅲ類〕	受傷	⑮

Ⅰ類＝動五；Ⅱ類＝動一；Ⅲ類＝カ變・サ變

★解答在P.139

四、使役被動形（〜される・させられる）

(1) 基本定義

☞ 表示主詞被他人指使做某事，而主詞對此指使內容通常感到不願意、不愉快。中文：主詞被（某人）強迫做〜

☞ 可視同使役動詞的被動形活用，即先將動詞變成使役形，再根據使役形作被動形變化。

例：走る ➡ 走らせる ➡ 走らされる
　　辭書形　　　使役形　　　使役被動形

☞ 使役被動句的主語，是被指示做動作的對象。句中指示動作者的助詞用「に」表示。

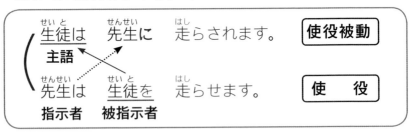

例：お母さんは 子供を 勉強させました。 ➡ 使役
　　（媽媽要小孩子去唸書。）

　　➡ 子供 は お母さんに 勉強させられました。 ➡ 使役被動
　　（小孩小被媽媽強迫去唸書。）

☞ 使役被動形一定是動一（Ⅱ類），不管是哪一類型的動詞，改成「使役被動形」後都是動一（Ⅱ類）。

（2）如何從辭書形變成使役被動形

> ▶ 動五尾「う段音」改「あ段音」＋「される」。【口訣】
> ※尾「う」則改「わ」＋「される」。
> ※尾「す」則改「さ」＋「せられる」。
> ▶ 動一去「る」＋「させられる」。
> ▶ カ變「来る」是「来させられる」。
> ▶ サ變「する」是「させられる」。

動五＝Ⅰ類；動一＝Ⅱ類；カ變・サ變＝Ⅲ類

➡辭書形變使役被動形 ·····························

請對照五十音表，找出動五的變化規則。

わ	ら	や	ま	は	な	た	さ	か	あ	使役
	り		み	ひ	に	ち	し	き	い	被動形
る	ゆ	む	ふ	ぬ	つ	す	く	う	辞書形
	れ		め	へ	ね	て	せ	け	え	
を	ろ	よ	も	ほ	の	と	そ	こ	お	

●動五（Ⅰ類）

詞尾「う段音」改成「あ段音」＋「される」。

例1：立つ（站立）　➡　つ→た＋される　➡　立たされる

例2：書く（寫）　➡　く→か＋される　➡　書かされる

例3：読む（讀）　➡　む→ま＋される　➡　読まされる

　　但若詞尾是「う」，則「う」要改成「わ」＋「される」。若
詞尾是「す」，則改成「さ」＋「せられる」。

★ 例4：<ruby>習<rt>なら</rt></ruby>う（學習）　➡　う→わ＋される　➡　<ruby>習<rt>なら</rt></ruby>わされる

★ 例5：<ruby>出<rt>だ</rt></ruby>す（取出）　➡　す→さ＋せられる　➡　<ruby>出<rt>だ</rt></ruby>させられる

類考 另思 也可以想成是**動五的ない形去**「ない」＋「される」。
詞尾「す」時，改成**ない形去**「ない」＋「せられる」。

例6：<ruby>進<rt>すす</rt></ruby>む（進行）　➡　<ruby>進<rt>すす</rt></ruby>まない＋される　➡　<ruby>進<rt>すす</rt></ruby>まされる

★ 例7：<ruby>出<rt>だ</rt></ruby>す（取出）　➡　<ruby>出<rt>だ</rt></ruby>さない＋せられる　➡　<ruby>出<rt>だ</rt></ruby>させられる

　　「動五（Ⅰ類）」的「使役被動
形」原本應該都是變化後加「せられ
る」，但因為發音上方便，除了詞尾是「す」
的動詞之外，其他多半改採簡化的「される」。

例：<ruby>立<rt>た</rt></ruby>つ →<ruby>立<rt>た</rt></ruby>たせられる →<ruby>立<rt>た</rt></ruby>たされる

　　<ruby>直<rt>なお</rt></ruby>す →<ruby>直<rt>なお</rt></ruby>させられる （<ruby>直<rt>なお</rt></ruby>さされる×）

●動一（Ⅱ類）

去「る」＋「させられる」。

例1：見る（看）　➡　去る＋させられる　➡　見させられる

例2：食べる（吃）　➡　去る＋させられる　➡　食べさせられる

例3：迎える（迎接）　➡　去る＋させられる　➡　迎えさせられる

●カ變・サ變（Ⅲ類）

直接變。

カ變：来る（來）　➡　直接變　➡　来させられる

サ變：する（做）　➡　直接變　➡　させられる

動動手動動腦

☞動詞變化練習（將下表的動詞辭書形改成使役被動形）

辭書形	中文意義	使役被動形
選ぶ〔動五〕	選擇	①
言う〔動五〕	說	②
待つ〔動五〕	等待	③
泳ぐ〔動五〕	游泳	④
売る〔動五〕	賣	⑤
渡る〔動五〕	越過，渡過	⑥
磨く〔動五〕	刷；磨	⑦
行う〔動五〕	舉行	⑧
開ける〔動一〕	打開	⑨
受ける〔動一〕	接受	⑩
決める〔動一〕	決定	⑪
やめる〔動一〕	終止；取消	⑫
来る〔カ變〕	來	⑬
無理する〔サ變〕	勉強	⑭
入学する〔サ變〕	入學	⑮

動五＝Ⅰ類；動一＝Ⅱ類；カ變・サ變＝Ⅲ類

★解答在P.139

☞完成使役被動語氣的句子

①我被田中課長強迫唱歌。【歌う：〔動五〕】
私は 田中課長（ ） 歌（ ）（ ）。

②小孩被媽媽強迫吃水果。【食べる〔動一〕】
子供は お母さん（ ） 果物（ ）（ ）。

③弟弟被爸爸強迫拍照。【撮る〔動五〕】
弟は 父（ ） 写真（ ）（ ）。

④我被爸爸強迫背這篇文章。【覚える〔動一〕】
私は 父（ ）この文章（ ）（ ）。

⑤池田同學被她母親強迫運動。【運動する：〔サ變〕】
池田さんは お母さん（ ）（ ）。

⑥我被老師強迫打掃教室。【掃除する〔サ變〕】
私は 先生（ ） 教室（ ）（ ）。

⑦那部電影讓我感動得哭了。【泣く〔動五〕】
私は あの映画（ ）（ ）。

⑧媽媽經常為弟弟的事生氣。【怒る〔動五〕】
母は いつも 弟（ ）（ ）。

★解答在P.140

如何從ます形變成使役被動形

：現在很多日語學習書的單字表都是動詞ます形，
那要如何變成使役被動形呢？

【口訣】

▶ Ｉ類去「ます」，「い段音」改「あ段音」＋「される」。

※「～います」則改「～わされる」。

※「～します」則改「～させられる」。

▶ Ⅱ類去「ます」＋「させられる」

▶ Ⅲ類「来ます」是「来させられる」，

「します」是「させられる」。

Ｉ類＝動五；Ⅱ類＝動一；Ⅲ類＝カ變・サ變

➡ ます形變使役被動形 ‥‥‥‥‥‥‥‥‥‥‥‥‥

請對照五十音表，找出Ｉ類的變化規則。

									わ	使役被動形
わ	ら	や	ま	は	な	た	さ	か	あ	
	り		み	ひ	に	ち	し	き	い	ます形
	る	ゆ	む	ふ	ぬ	つ	す	く	う	
	れ		め	へ	ね	て	せ	け	え	
を	ろ	よ	も	ほ	の	と	そ	こ	お	

● Ｉ類（動五）

去「ます」，將「い段音」改成「あ段音」＋「される」。

例1：走ります（跑）　➡　去ます；
り→ら＋される　➡　走らされる

例2：飛びます（飛）　➡　去ます；
び→ば＋される　➡　飛ばされる

　　但若詞尾是「います」，則要改成「わされる」。若詞尾是「します」，則改成「させられる」。

★例3：習います（學習）　➡　います→わされる　➡　習わされる

★例4：押します（推;按）　➡　します→させられる　➡　押させられる

類 另
考 思

也可以想成是I類的ない形去「ない」＋「される」。
詞尾「します」時，改成ない形去「ない」＋「せられる」。

例5：立ちます（站立）　➡　立たない＋される　➡　立たされる

★例6：出します（取出）　➡　出さない＋せられる　➡　出させられる

I 類（動五）」的「使役被動形」原本應該都是變化後加「せられる」，但因為發音上方便，除了詞尾是「します」的動詞之外，其他多半改採簡化的「される」。

　　例：立つ →立たせられる →立たされる

　　　　直します →直させられる （直さされる×）

●動一（ II 類）

　　去「ます」＋「させられる」。

例2：見る（看）　　　➡　去ます+させられる　➡　見させられる

例2：閉じます（闔上）➡　去ます+させられる　➡　閉じさせられる

例3：投げます（投擲）➡　去ます+させられる　➡　投げさせられる

●力變・サ變（ III 類）

　　直接變。

力變：来ます（來）　➡　直接變　➡　来させられる

サ變：します（做）　➡　直接變　➡　させられる

動動手動動腦

☞動詞變化練習（將下表的動詞ます形改成使役被動形）

ます形	中文意義	使役被動形
渡（わた）します〔Ⅰ類〕	交付	①
拾（ひろ）います〔Ⅰ類〕	撿，拾	②
登（のぼ）ります〔Ⅰ類〕	登，上	③
使（つか）います〔Ⅰ類〕	使用	④
読（よ）みます〔Ⅰ類〕	閱讀；唸	⑤
持（も）ちます〔Ⅰ類〕	拿；持有	⑥
撮（と）ります〔Ⅰ類〕	照相	⑦
話（はな）します〔Ⅰ類〕	說話	⑧
入（い）れます〔Ⅱ類〕	放入	⑨
変（か）えます〔Ⅱ類〕	改變	⑩
集（あつ）めます〔Ⅱ類〕	集中；收集	⑪
閉（し）めます〔Ⅱ類〕	關	⑫
来（き）ます〔Ⅲ類〕	來	⑬
研究（けんきゅう）します〔Ⅲ類〕	研究	⑭
出席（しゅっせき）します〔Ⅲ類〕	出席	⑮

Ⅰ類＝動五；Ⅱ類＝動一；Ⅲ類＝力變・サ變

★解答在P.140

動動手動動腦解答

★P.104

①渡<ruby>渡<rt>わた</rt></ruby>せる ②<ruby>弾<rt>ひ</rt></ruby>ける ③なれる ④<ruby>使<rt>つか</rt></ruby>える

⑤<ruby>待<rt>ま</rt></ruby>てる ⑥<ruby>乗<rt>の</rt></ruby>れる ⑦<ruby>選<rt>えら</rt></ruby>べる ⑧<ruby>走<rt>はし</rt></ruby>れる

⑨<ruby>生<rt>い</rt></ruby>きられる ⑩<ruby>受<rt>う</rt></ruby>けられる ⑪<ruby>逃<rt>に</rt></ruby>げられる ⑫<ruby>決<rt>き</rt></ruby>められる

⑬<ruby>来<rt>こ</rt></ruby>られる ⑭<ruby>安心<rt>あんしん</rt></ruby>できる ⑮<ruby>出席<rt>しゅっせき</rt></ruby>できる

★P.105

①が、<ruby>話<rt>はな</rt></ruby>せます ②<ruby>泳<rt>およ</rt></ruby>げます ③が、<ruby>建<rt>た</rt></ruby>てられる

④が、<ruby>食<rt>た</rt></ruby>べられる ⑤<ruby>起<rt>お</rt></ruby>きられない

★P.108

①<ruby>集<rt>あつ</rt></ruby>まれる ②<ruby>打<rt>う</rt></ruby>てる ③<ruby>足<rt>た</rt></ruby>せる ④<ruby>手伝<rt>てつだ</rt></ruby>える

⑤<ruby>休<rt>やす</rt></ruby>める ⑥<ruby>勝<rt>か</rt></ruby>てる ⑦<ruby>直<rt>なお</rt></ruby>せる ⑧<ruby>思<rt>おも</rt></ruby>える

⑨あげられる ⑩<ruby>考<rt>かんが</rt></ruby>えられる ⑪<ruby>調<rt>しら</rt></ruby>べられる ⑫<ruby>比<rt>くら</rt></ruby>べられる

⑬<ruby>来<rt>こ</rt></ruby>られる ⑭<ruby>説明<rt>せつめい</rt></ruby>できる ⑮<ruby>卒業<rt>そつぎょう</rt></ruby>できる

★P.114

①<ruby>笑<rt>わら</rt></ruby>われる ②<ruby>喜<rt>よろこ</rt></ruby>ばれる ③<ruby>磨<rt>みが</rt></ruby>かれる ④<ruby>並<rt>なら</rt></ruby>ばれる

⑤<ruby>無<rt>な</rt></ruby>くされる ⑥もらわれる ⑦<ruby>叱<rt>しか</rt></ruby>られる ⑧<ruby>聞<rt>き</rt></ruby>かれる

⑨<ruby>見<rt>み</rt></ruby>つけられる ⑩<ruby>漬<rt>つ</rt></ruby>けられる ⑪<ruby>褒<rt>ほ</rt></ruby>められる ⑫<ruby>投<rt>な</rt></ruby>げられる

⑬<ruby>来<rt>こ</rt></ruby>られる ⑭<ruby>輸入<rt>ゆにゅう</rt></ruby>される ⑮<ruby>放送<rt>ほうそう</rt></ruby>される

★P.115

①あの<ruby>人<rt>ひと</rt></ruby>に いじめられた

②<ruby>泥棒<rt>どろぼう</rt></ruby>に お<ruby>金<rt>かね</rt></ruby>を <ruby>盗<rt>ぬす</rt></ruby>まれました

③<ruby>友達<rt>ともだち</rt></ruby>に <ruby>来<rt>こ</rt></ruby>られます

④<ruby>隣<rt>となり</rt></ruby>の <ruby>犬<rt>いぬ</rt></ruby>に <ruby>鳴<rt>な</rt></ruby>かれました

訣式日語動詞

★P.118
①拾<ruby>拾<rt>ひろ</rt></ruby>われる　②泣<ruby>泣<rt>な</rt></ruby>かれる　③取<ruby>取<rt>と</rt></ruby>られる　④盗<ruby>盗<rt>ぬす</rt></ruby>まれる
⑤吹<ruby>吹<rt>ふ</rt></ruby>かれる　⑥言<ruby>言<rt>い</rt></ruby>われる　⑦落<ruby>落<rt>お</rt></ruby>とされる　⑧折<ruby>折<rt>お</rt></ruby>られる
⑨開<ruby>開<rt>あ</rt></ruby>けられる　⑩並<ruby>並<rt>なら</rt></ruby>べられる　⑪変<ruby>変<rt>か</rt></ruby>えられる　⑫忘<ruby>忘<rt>わす</rt></ruby>れられる
⑬来<ruby>来<rt>こ</rt></ruby>られる　⑭見物<ruby>見物<rt>けんぶつ</rt></ruby>される　⑮用意<ruby>用意<rt>ようい</rt></ruby>される

★P.123
①困<ruby>困<rt>こま</rt></ruby>らせる　②立<ruby>立<rt>た</rt></ruby>たせる　③直<ruby>直<rt>なお</rt></ruby>させる　④呼<ruby>呼<rt>よ</rt></ruby>ばせる
⑤払<ruby>払<rt>はら</rt></ruby>わせる　⑥持<ruby>持<rt>も</rt></ruby>たせる　⑦分<ruby>分<rt>わ</rt></ruby>からせる　⑧書<ruby>書<rt>か</rt></ruby>かせる
⑨答<ruby>答<rt>こた</rt></ruby>えさせる　⑩届<ruby>届<rt>とど</rt></ruby>けさせる　⑪やめさせる　⑫続<ruby>続<rt>つづ</rt></ruby>けさせる
⑬来<ruby>来<rt>こ</rt></ruby>させる　⑭翻訳<ruby>翻訳<rt>ほんやく</rt></ruby>させる　⑮心配<ruby>心配<rt>しんぱい</rt></ruby>させる

★P.124
①を、立<ruby>立<rt>た</rt></ruby>たせる　②を、遊<ruby>遊<rt>あそ</rt></ruby>ばせる　③を、来<ruby>来<rt>こ</rt></ruby>させる
④を、座<ruby>座<rt>すわ</rt></ruby>らせる　⑤に、洗<ruby>洗<rt>あら</rt></ruby>わせる　⑥に、覚<ruby>覚<rt>おぼ</rt></ruby>えさせる
⑦に、買<ruby>買<rt>か</rt></ruby>わせる　⑧に、翻訳<ruby>翻訳<rt>ほんやく</rt></ruby>させる

★P.127
①作<ruby>作<rt>つく</rt></ruby>らせる　②飲<ruby>飲<rt>の</rt></ruby>ませる　③泳<ruby>泳<rt>およ</rt></ruby>がせる　④鳴<ruby>鳴<rt>な</rt></ruby>かせる
⑤待<ruby>待<rt>ま</rt></ruby>たせる　⑥帰<ruby>帰<rt>かえ</rt></ruby>らせる　⑦会<ruby>会<rt>あ</rt></ruby>わせる　⑧売<ruby>売<rt>う</rt></ruby>らせる
⑨投<ruby>投<rt>な</rt></ruby>げさせる　⑩迎<ruby>迎<rt>むか</rt></ruby>えさせる　⑪始<ruby>始<rt>はじ</rt></ruby>めさせる　⑫寝<ruby>寝<rt>ね</rt></ruby>させる
⑬来<ruby>来<rt>こ</rt></ruby>させる　⑭挨拶<ruby>挨拶<rt>あいさつ</rt></ruby>させる　⑮怪我<ruby>怪我<rt>けが</rt></ruby>させる

★P.132
①選<ruby>選<rt>えら</rt></ruby>ばされる　②言<ruby>言<rt>い</rt></ruby>わされる　③待<ruby>待<rt>ま</rt></ruby>たされる
④泳<ruby>泳<rt>およ</rt></ruby>がされる　⑤売<ruby>売<rt>う</rt></ruby>らされる　⑥渡<ruby>渡<rt>わた</rt></ruby>らされる

⑦磨かされる　⑧行わされる　⑨開けさせられる
⑩受けさせられる　⑪決めさせられる　⑫やめさせられる
⑬来させられる　⑭無理させられる　⑮入学させられる

★P.133
①に、を、歌わされる　②に、を、食べさせられる
③に、を、撮らされる　④に、を、覚えさせられる
⑤に、運動させられる　⑥に、を、掃除させられる
⑦に、泣かされた　⑧に、怒らされる

★P.137
①渡させられる　②拾わされる　③登らされる
④使わされる　⑤読まされる　⑥持たされる
⑦撮らされる　⑧話させられる　⑨入れさせられる
⑩変えさせられる　⑪集めさせられる　⑫閉めさせられる
⑬来させられる　⑭研究させられる　⑮出席させられる

第四章

初中級日語動詞較難的表現

本章重點
一、授受表現
二、敬語
三、自動詞與他動詞
四、補助動詞
五、複合動詞

一、授受表現（あげる・くれる・もらう）

(1) 基本定義

☞表示給予與接受的關係。

☞授受關係分為「東西的授受」與「行為的授受」兩種。

☞表授受關係的動詞有「あげる」「くれる」「もらう」等。

☞表示「得到」時，說話者與主詞是決定動詞選用的關鍵。

(2) 東西的授受

> 給東西人說：我給你「あげる」。
> 拿東西人說：你給我「くれる」。
> 拿東西人說：我從你那兒「もらう」。

【口訣】

當表示某人給某人東西時，可以有下列三種敘述。

人物： A太郎（給東西的人）　B靜香（拿東西的人）
　　　 K芳樹（第三人）

場景： 太郎送花給靜香

①由給予東西的人（太郎）敘述這件事時（我→Ｂ）

太郎

> 我給靜香小姐花。
>
> ❶<ruby>私<rt>わたし</rt></ruby>は <ruby>静香<rt>しずか</rt></ruby>さんに <ruby>花<rt>はな</rt></ruby>を <u>あげました</u>。

②由得到東西的人（靜香）敘述這件事時（Ａ→我）

靜香

> 太郎先生給我花。
>
> ❷<ruby>太郎<rt>たろう</rt></ruby>さんは <ruby>私<rt>わたし</rt></ruby>に <ruby>花<rt>はな</rt></ruby>を <u>くれました</u>。

> 我從太郎先生那兒收到花。
>
> ❸<ruby>私<rt>わたし</rt></ruby>は <ruby>太郎<rt>たろう</rt></ruby>さんに／から <ruby>花<rt>はな</rt></ruby>を <u>もらいました</u>。

③由第三者（芳樹）敘述這件事時（Ａ→Ｂ）

芳樹

> 太郎先生給靜香小姐花。
>
> ❹<ruby>太郎<rt>たろう</rt></ruby>さんは <ruby>静香<rt>しずか</rt></ruby>さんに <ruby>花<rt>はな</rt></ruby>を <u>あげました</u>。

> 靜香小姐從太郎先生那兒收到花。
>
> ❺<ruby>静香<rt>しずか</rt></ruby>さんは <ruby>太郎<rt>たろう</rt></ruby>さんに／から
> <ruby>花<rt>はな</rt></ruby>を <u>もらいました</u>。

143

(3) 行為的授受（為某人做～，請某人做～）

　　當表示某人為某人做了某事時，與前項一樣有三種敘述，而且表示授受的方法也與「東西的授受」相同。

人物：　A太郎（給與行為的人）
　　　　B靜香（接受行為的人）　　K芳樹（第三人）
場景：　太郎買書給靜香

---

①由給予行為的人（太郎）敘述這件事時（我→B）

我買了一本書給靜香小姐。

❶私は 静香さんに 本を 買って あげました。

太郎

②由接受行為的人（靜香）敘述這件事時（ A→我 ）

> 太郎先生買了一本書給我。

❷太郎さんは 私に 本を 買って くれました。

> 我請太郎先生幫我買了一本書。

❸私は 太郎さんに 本を 買って もらいました。

靜香

③由第三者（芳樹）敘述這件事時（ A→B ）

> 太郎先生買了一本書給靜香小姐。

❹太郎さんは 静香さんに 本を
買って あげました。

芳樹

> 靜香小姐請太郎先生幫她買了一本書。

❺静香さんは 太郎さんに 本を
買って もらいました。

超級比一比！！
「動詞使役形」與「～て　もらう」

　　「使役動詞」的用法是「使役」之意，表示主詞指示他人做某事時使用。授受動詞中的「～て　もらう」則是用於主詞請託他人做某事時使用，意思爲「Ｂ要Ａ幫忙做某事；Ｂ請Ａ做某事」。所以兩者用法是不同的喔。

比較下列例句：

場景1　［我對妹妹說：「去買果汁」］　➡ 指示

例：私は　妹に　ジュースを　買わせました。　➡使役表現
　　（我要妹妹買果汁。）

場景2　［我對妹妹說：「幫我買果汁」］　➡ 請求，拜託

例：私は　妹に　ジュースを　買って　もらいました。➡授受表現
　　（我請妹妹買果汁。）

動動手動動腦

☞完成「東西的授受」的句子

鈴木先生送了手帕給田中小姐，張先生與陳小姐為旁觀者。

①張先生：鈴木先生送什麼給田中小姐呢？
　鈴木さんは 田中さんに 何を（　　　　　　　　）か。

➡陳小姐：鈴木先生送手帕給田中小姐。
　鈴木さんは 田中さんに ハンカチを（　　　　　　　）。

②張先生：田中小姐從鈴木先生那邊收到什麼呢？
　田中さんは 鈴木さんに 何を（　　　　　　　　）か。

➡陳小姐：田中小姐從鈴木先生那邊收到手帕。
　田中さんは 鈴木さんに ハンカチを（　　　　　　　）。

③張先生：鈴木先生，你送什麼給田中小姐呢？
　鈴木さん、あなたは 田中さんに 何を（　　　　　　）か。

➡鈴木先生：我送手帕給田中小姐。
　私は 田中さんに ハンカチを（　　　　　　　　）。

④張先生：田中小姐，鈴木先生送妳什麼呢？
　田中さん、鈴木さんは あなたに 何を（　　　　　　）か。

➡田中小姐：鈴木先生送我手帕。
　鈴木さんは 私に ハンカチを（　　　　　　　　）。

⑤張先生：田中小姐，妳從鈴木先生那兒收到什麼呢？
　田中さん、あなたは 鈴木さんに 何を（　　　　　　）か。

➡田中小姐：我從鈴木先生那兒收到手帕。
　　私は　鈴木さんに　ハンカチを（　　　　　　　　　　）。

☞完成「行為的授受」的句子
　楊先生要教橋本小姐中文，張先生與陳小姐爲旁觀者。
　【教える〔動一〕：教導】
①張先生：楊先生要教橋本小姐什麼呢？
　　楊さんは　橋本さんに　何を　（　　　　　　　　　　　　　）か。
➡陳小姐：楊先生要教橋本小姐中文。
　　楊さんは　橋本さんに　中国語を　（
　　　　　　　）。

②張先生：橋本小姐要請楊先生教她什麼呢？
　　橋本さんは　楊さんに　何を　（　　　　　　　　　　　　　）か。
➡陳小姐：橋本小姐要請楊先生教她中文。
　　橋本さんは　楊さんに　中国語を　（
　　　　　　　）。

③張先生：楊先生，你要教橋本小姐什麼呢？
　　楊さん、あなたは　橋本さんに　何を　（
　　　　　　　）か。
➡楊先生：我要教橋本小姐中文。
　　私は　橋本さんに　中国語を　（　　　　　　　　　　　　）。

④張先生：橋本小姐，楊先生要教妳什麼呢？
　　橋本さん、楊さんは　あなたに　何を　（
　　　　　　）か。

➡橋本小姐：楊先生要教我中文。

　　楊さんは 私に 中国語を（　　　　　　　　　）。

⑤張先生：橋本小姐，妳要請楊先生教妳什麼呢？

　　橋本さん、あなたは 楊さんに 何を（

　　　　）か。

➡橋本小姐：我要請楊先生教我中文。

　　私は 楊さんに 中国語を（　　　　　　　　　）。

★解答在P.176

二、敬語（尊敬語、謙讓語、丁寧語）

：何謂「敬語」，就是第一章學到的「敬體」嗎？

　　敬語是說話者對他人（聽話者或第三人）表示敬意的一種語言手段。**說話者會根據自己與聽話者或話題主角的關係（上下或內外親疏）來選擇不同的表達方式。**本書第一章提到的「敬體」也是敬語的一種。

　　我們在此回顧一下第一章「常體」與「敬體」的用法。

☞常體為不表敬意的說法，敬體為表敬意的說法。

☞常體與敬體的使用決定在聽話者與說話者的關係（親疏、上下），與話題中的主角無關。

☞常體的使用對象為：聽話者為說話者「內（親）」或「下」的關係者，如家人、晚輩、關係親近的人及受恩惠者等。

☞敬體的使用對象為：聽話者為說話者「外（疏）」或「上」的關係者，初次見面的人、長輩、施恩惠者等。

➡ 解説

　　敬語的使用與人際關係密不可分。也就是說日語敬語的使用會依人際關係做適當的調整與切換。而此人際關係又分「橫」與「縱」的關係。

A.「橫」的人際關係－內外、親疏

「橫」的人際關係是指是否屬於同一個團體,因關係親疏而產生「內、外」的意識,亦即「自己人」與「他人」的意識。主要視說話者與聽話者的主觀認定,往往與「心理因素」有關。

● 內的關係:
　①夫婦、家人、親戚
　②自己所屬的團體(上班的公司、參加的社團等)或團體的人(公司的主管、同事等)

● 外的關係:
　①朋友、陌生人、初次見面的人
　②自己所屬的團體以外的團體(其他公司、其他社團等)或其團體的人(其他公司的主管、職員等)

B.「縱」的人際關係－上下

「縱」的人際關係簡單說就是「上者為施恩惠」、「下者為受恩惠」的一種關係。如老師和學生即為上、下關係。

● 上的關係:
　①雙親、長輩、前輩(資歷較深者)
　②地位較高者(雇主、顧客、醫師等)

● 下的關係:
　①子女、晚輩、後輩(資歷較淺者)
　②地位較低者(受雇者、店員、病患等)

　　那麼誰是你的敬語使用對象呢？

① 關係「上」的人：長輩或有社會地位的人、上司、老師、顧客等。

② 關係「疏」的人：交情不熟的人、初次見面的人。

③ 自己團體「外」的人：自己公司外的人、社團外的人。

- -

　　敬語的種類大致分爲三類：**尊敬語、謙讓語、丁寧語**。

(1) 尊敬語

　　尊敬語是說話者將聽話者或話題主角所發生的行爲、所處的狀態或其所有物，都以尊敬的方式表現，藉以提升對聽話者或話題主角的敬意。「尊敬語」的動詞形式可以分成三種：特殊尊敬語動詞、一般動詞尊敬語化、動詞被動形當作尊敬語動詞。

● 特殊尊敬語動詞

一般動詞	特殊尊敬語動詞
いる（有；在） 行<ruby>い</ruby>く（去） 来<ruby>く</ruby>る（來）	➡ いらっしゃる〔動五；I類〕
言<ruby>い</ruby>う（說）	➡ おっしゃる〔動五；I類〕
くれる（給我）	➡ くださる〔動五；I類〕

見る（看） ➡	ご覧になる 〔動五；1類〕
する（做） ➡	なさる 〔動五；1類〕
食べる（吃） 飲む（喝） ➡	召し上がる 〔動五；1類〕

「いらっしゃる、おっしゃる、くださる、なさる」
這四個尊敬語動詞雖然是動五（1類），但其ま
す形為「去る＋います」：

いらっしゃる	➡ いらっしゃいます
おっしゃる	➡ おっしゃいます
くださる	➡ くださいます
なさる	➡ なさいます。

例：山田先生は あした 来ますか。➡一般動詞用法
　　（山田老師明天會來嗎？）

例：山田先生は あした いらっしゃいますか。➡特殊尊敬語
　　（山田老師明天會來嗎？）　　　　　　　　　　　　動詞

例：どうぞ 熱いうちに 食べて ください。➡一般動詞用法
　　（請趁熱享用。）

例：どうぞ 熱いうちに 召し上がって ください。➡特殊尊敬
　　（請趁熱享用。）　　　　　　　　　　　　　　　語動詞

● 一般動詞尊敬語化

多數動詞沒有對應的特殊尊敬語動詞，這時可將原本的動詞改成「お〜になる」或「ご〜になる」的形式來表示敬意。用法如下：

◆ お ＋ ます形去ます ＋ になる
◆ お／ご ＋ 動作性名詞 ＋ になる

✎ 動作性名詞：含有動作意思的名詞。

一般動詞		尊敬語動詞
書く（寫）	➡	お書きになる 〔動五；１類〕
帰る（回家）	➡	お帰りになる 〔動五；１類〕
出かける（出門）	➡	お出かけになる 〔動五；１類〕
世話する（關照）	➡	お世話になる 〔動五；１類〕
心配する（擔心）	➡	ご心配になる 〔動五；１類〕

注意

1・ます前如為單音節動詞，如「見ます」，則不適用「お〜になる」的變化（✕お見になる）。

2・「ご〜になる」只出現在一部分表示動作含意的漢字名詞之前。
　　例：心配 ➡ 心配する ➡ ご心配になる
　　　（名詞）（一般動詞）（尊敬語動詞）

例：社長は もう 帰りました。➡一般動詞用法
（社長已經回家了。）
例：社長は もう お帰りに なりました。➡尊敬語動詞
（社長已經回家了。）

例：会議室を 利用する ことが できます。➡一般動詞用法
（可以使用會議室。）
例：会議室を ご利用に なる ことが できます。➡尊敬語
（可以使用會議室。）　　　　　　　　　　　　　動詞

- -

●將動詞被動形當作尊敬語

第三種尊敬語動詞的形式就是將原本的動詞改成被動形來表示敬意。

一般動詞	尊敬語動詞
書く（寫）➡	書かれる〔動一；Ⅱ類〕
読む（讀）➡	読まれる〔動一；Ⅱ類〕
見る（看）➡	見られる〔動一；Ⅱ類〕
来る（來）➡	来られる〔動一；Ⅱ類〕
する（做）➡	される〔動一；Ⅱ類〕

例：佐藤<ruby>先生<rt>せんせい</rt></ruby>は さっき <ruby>出<rt>で</rt></ruby>かけました。➡ 一般動詞用法

（佐藤老師剛剛出去了。）

例：<ruby>佐藤<rt>さとう</rt></ruby><ruby>先生<rt>せんせい</rt></ruby>は さっき <ruby>出<rt>で</rt></ruby>かけられました。➡ 尊敬語動詞

（佐藤老師剛剛出去了。）

例：<ruby>部長<rt>ぶちょう</rt></ruby>は あした <ruby>来<rt>き</rt></ruby>ません。➡ 一般動詞用法

（經理明天不來。）

例：<ruby>部長<rt>ぶちょう</rt></ruby>は あした <ruby>来<rt>こ</rt></ruby>られません。➡ 尊敬語動詞

（經理明天不來。）

某些動詞改成「～れる」時，由於語意上有「被動」、「可能」或「尊敬」三種，為避免誤解，通常採用特殊尊敬語或「お～になる」的形式來表示尊敬之意。

(2) 謙讓語

　謙讓語是說話者將自身所發生的行為、所處的狀態或所有物都以謙遜的方式表現，藉以壓低自己身分來提升對聽話者或話題主角的敬意。敬語中屬於「謙讓語」的動詞形式可以分成兩種：特殊謙讓語、一般動詞謙讓語化。

● 特殊謙讓語動詞

一般動詞		特殊謙讓語動詞
いる（有；在）	➡	おる〔動五；I類〕
行く（去） 来る（來）	➡	参る〔動五；I類〕
言う（說）	➡	申す〔動五；I類〕
あげる（給）	➡	差し上げる〔動一；II類〕
見る（看）	➡	拝見する〔サ變；III類〕
する（做）	➡	いたす〔動五；I類〕
食べる（吃） 飲む（喝） もらう（得到）	➡	いただく〔動五；I類〕
尋ねる（詢問） 訪ねる（拜訪）	➡	伺う〔動五；I類〕
会う（見面）	➡	お目にかかる〔動五；I類〕

例：手紙を 見ました。➡一般動詞用法
（看了你的信。）

例：お手紙を 拝見しました。➡特殊謙讓語動詞
（拜讀了您的信。）

例：先生から お土産を もらいました。➡一般動詞用法
（收到老師給的禮物。）

例：先生から お土産を いただきました。➡特殊謙讓語
（收到老師給的禮物。）　　　　　　　　　　　動詞

- -

●一般動詞謙讓語化

　多數動詞沒有對應的特殊謙讓語動詞，這時可將原本的動詞改成「お～する」或「ご～する」的形式來表示敬意。用法如下：

◆お ＋ ます形去ます ＋ する
◆お／ご ＋ 動作性名詞 ＋ する

✎ 動作性名詞：含有動作意思的名詞。

一般動詞	謙讓語動詞
返す（歸還） ➡	お返しする〔サ變；Ⅲ類〕
送る（寄；送行） ➡	お送りする〔サ變；Ⅲ類〕

話す（說話）	➡	お話しする〔サ變；Ⅲ類〕
世話する（關照）	➡	お世話する〔サ變；Ⅲ類〕
報告する（報告）	➡	ご報告する〔サ變；Ⅲ類〕

注意：

1・ます前如為單音節動詞，如「見ます」，則不適用「お～する」的變化（×お見する）。

2・「ご～する」只出現在一部分表示動作含意的漢字名詞之前。
　　例：報告 ➡ 報告する ➡ ご報告する
　　　（名詞）（一般動詞）　（謙讓語動詞）

例：荷物を 送りました。➡一般動詞用法
　　（包裹已寄出了。）

例：お荷物を お送りしました。➡謙讓語動詞
　　（您的包裹已寄出了。）

例：研究の 内容を 報告します。➡一般動詞用法
　　（報告研究內容。）

例：研究の 内容を ご報告します。➡謙讓語動詞
　　（報告研究內容。）

(3) 丁寧語

丁寧語又稱「鄭重語」，是表示說話者對聽話者的敬意。光聽名稱或許很陌生，其實大多數你都學過了。請先看以下例句。

例：食べる。（吃。）➡ 常體

例：食べます。（吃。）⇨ 敬體

例：田中だ。（是田中。）➡ 常體

例：田中です。（是田中。）⇨ 敬體

例：田中でございます。（是田中。）⇨ 敬體

★「ます」、「です」、「でございます」都是丁寧語。

★「でございます」是較「です」更鄭重且謙敬的用法。

看了例句，有沒有覺得很熟悉呢？其實使用了丁寧語的句子，便是第一章介紹過的「敬體」，沒有使用的便稱爲「常體」。

常體 —— 句尾沒有出現「です・ます」，爲不表敬意的說法。

敬體 —— 句尾出現「です・ます」，爲表敬意的說法。

常體或敬體的使用決定在說話者與聽話者的關係，與話題主角無關，但**尊敬語與謙讓語的使用則取決於說話者、聽話者與話題主角三者的相互關係。**

例１）

　　田中同學告訴岸本老師：

田中：岸本先生、橋本先生は　午後　事務室へ　いらっしゃいます。
　　　（岸本老師，橋本老師下午會來辦公室。）

➡ 解説

　　「いらっしゃいます（來）」是「いらっしゃる」的敬體，是
「来る」的尊敬語用法。因爲是指橋本老師的動作，所以
選擇用「いらっしゃる」。

　　聽話者是岸本老師，所以使用敬體。

- -

例２）

　　田中同學告訴山本同學：

田中：山本、橋本先生は　午後　事務室へ　いらっしゃるよ。
　　　（山本，橋本老師下午會來辦公室哦。）

➡ 解説

　　「いらっしゃる（來）」是「来る」的尊敬語用法。因爲是
指橋本老師的動作，所以選擇用「いらっしゃる」。

　　聽話者是山本同學，所以使用常體。

動動手動動腦

☞選出最合適的敬語形式

1. 中村老師：田中同學，你下午會在學校嗎？
「田中君、午後 学校に ＿＿＿＿①＿＿＿ か。」

❶いる　　❷います　　❸おる　　❹おります
❺いらっしゃる　　　　❻いらっしゃいます

➡田中（學生）：是的，我會在。
「はい、＿＿＿＿②＿＿＿＿。」

❶いる　　❷います　　❸おる　　❹おります
❺いらっしゃる　　　　❻いらっしゃいます

2. 田中（學生）：老師，您下午也會在學校嗎？
「先生も、午後 学校に ＿＿＿＿③＿＿＿ か。」

❶いる　　❷います　　❸おる　　❹おります
❺いらっしゃる　　　　❻いらっしゃいます

➡中村老師：嗯，我會在。
「ええ、＿＿＿＿④＿＿＿ よ。」

❶いる　　❷います　　❸おる　　❹おります
❺いらっしゃる　　　　❻いらっしゃいます

3. 田中（學生）：鈴木同學，山下老師下午會在學校嗎？
「鈴木、山下先生は 午後 学校に＿＿＿⑤＿＿＿？」

❶いる　　❷います　　❸おる　　❹おります
❺いらっしゃる　　　　❻いらっしゃいます

➡鈴木（學生）：嗯，會在。
　「うん、＿＿＿＿⑥＿＿＿＿。」
❶いる　　　　❷います　　　❸おる　　　❹おります
❺いらっしゃる　　　　❻いらっしゃいます

4.中村老師：田中同學，你的母親下午會來學校嗎？
　「田中君、お母さんは 午後 学校に＿＿＿＿⑦＿＿＿＿か。」
❶来る　　　　❷来ます　　　❸参る　　　❹参ります
❺いらっしゃる　　　　❻いらっしゃいます

➡田中（學生）：是的，我的母親下午會來學校。
　「はい、母は 午後 学校に＿＿＿＿⑧＿＿＿＿。」
❶来る　　　　❷来ます　　　❸参る　　　❹参ります
❺いらっしゃる　　　　❻いらっしゃいます

★解答在P.176

三、自動詞與他動詞

：什麼是「自動詞與他動詞」？

　　很多學習日語動詞到某個階段的學生都會問教學者以上這個問題，日語中的自動詞與他動詞的區別與使用相當複雜，一個動詞可能單純是自動詞或他動詞，也可能兼具自、他動詞的功用，接下來就讓我們來學習認識日語的自動詞與他動詞。

（1）自動詞與他動詞的概念

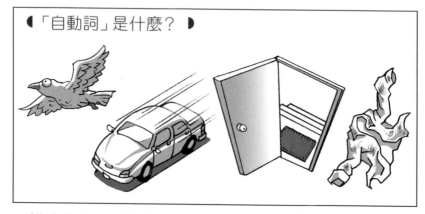

◀「自動詞」是什麼？▶

☞描述動作、行為是主體本身自發、自然產生的動詞。
　　例：鳥が 飛ぶ（鳥飛翔）、車が 走る（車子行駛）

☞說明主體本身的狀態、結果的動詞。
　　例：ドアが 開く（門開著）、服が 汚れる（衣服髒了）

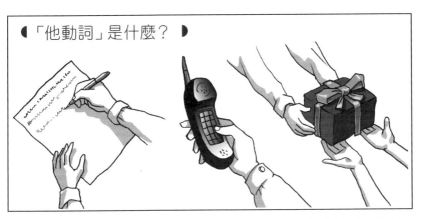

◀「他動詞」是什麼？▶

☞動作、行為會直接涉及某一個事物、某一個對象的動詞。
　而此事物、對象稱為「目的語」。
　例：手紙を 書く（寫信）、電話を かける（打電話）
　　　プレゼントを あげる（給禮物）

- -

：那要怎麼判斷一個動詞是自動詞或他動詞呢？

除了從意義上來判斷之外，在此教你一個小訣竅：

句型↓

| 人、事、物 | を | 他動詞 | ◀◀ 他動詞的助詞多數用「を」。 |

| 人、事、物 | が | 自動詞 | ◀◀ 他動詞的助詞多數用「が」。 |

| 場所、地點 | を | 移動性自動詞 | ◀◀ 移動性自動詞的助詞用「を」，前面放的是表示經過或移動的場所、地點。 |

165

（2）自動詞與他動詞的分類

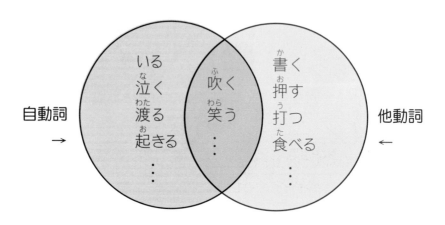

自動詞
→

いる
泣く
渡る
起きる
⋮

吹く
笑う
⋮

書く
押す
打つ
食べる
⋮

他動詞
←

● 僅有自動詞的動詞

> いる（〈生物〉在；有）、ある（〈非生物〉在；有）、行く（去）、
> 来る（來）、泣く（哭泣）、泳ぐ（游泳）、怒る（生氣）、
> 渡る（越過）、起きる（起床）、寝る（睡覺）⋯等。

　自動詞的助詞一般用「が」，但是表示動作移動經過的場所時用「を」，此類動詞便是所謂的「移動性自動詞」。

　　例：猫が いる。（有貓。）
　　例：人が 渡る。（人越過。）
　　例：道を 渡る。（過馬路。）　◀「を」表移動經過的場所

　這類常見的移動性自動詞有：降りる（下來）、渡る（越過）、通る（通過）、飛ぶ（飛）、進む（前進）、走る（跑）⋯等等。

● 僅有他動詞的動詞

[
洗う（洗）、押す（推；按，壓）、書く（寫）、飲む（喝）、
買う（買）、食べる（吃）、打つ（打）、使う（使用）、
受ける（接受）… 等。
]

　例：顔を 洗う。（洗臉。）
　例：本を 買う。（買書。）

● 自、他動詞兩用的動詞

　例：吹く　　風が 吹く　　（風吹動）　◀ 自動詞
　　　　　　　口笛を 吹く　（吹口哨）　◀ 他動詞

　例：終わる　試験が 終わる　（考試結束）◀ 自動詞
　　　　　　　会議を 終わる　（結束會議）◀ 他動詞

　例：笑う　　面白くて 笑う　　　（因有趣而笑）　　◀ 自動詞
　　　　　　　人の 失敗を 笑う　（嘲笑他人的失敗）◀ 他動詞

♣自、他動詞相對應的動詞
　例：進む　　⇔　　進める
　　　建設が 進む　（建設進行著）　◀ 自動詞
　　　建設を 進める　（進行建設）　◀ 他動詞
　例：消える　⇔　　消す
　　　電気が 消える　（電燈關著）　◀ 自動詞
　　　電気を 消す　（關掉電燈）　◀ 他動詞
　　　　　　　　　　　　　・・・等

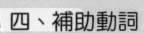

四、補助動詞

(1) 補助動詞的概念

什麼是補助動詞呢？這個問題用例句解答比較易懂，請先看以下例句。

例：① 田中さんは 教室に いる。 ←「いる」的意思是「在」
（田中先生在教室。）

② 田中さんは 勉強して いる。 ←「～て いる」的意思是「正在做～」
（田中先生正在讀書。）

在①例句中，動詞「いる」原本是「有；在」的意義。但是在②例句中，「勉強して いる」解釋為「正在讀書」，「いる」已經不再是原本單獨使用的意義了，其角色僅是補助前面動詞的語意，因此這裡的「いる」就稱為「補助動詞」。

(2) 常見的補助動詞用法對照

在補助動詞前面的動詞稱為「主動詞」，採「て形」變化。本書在第二章<て形>中所介紹的部分相關應用句型，像是「～ている・～てある・～てしまう...」等，以及第四章<授受>中所出現的「～てあげる・～てくれる・～てもらう...」等，後面的動詞其實都是補助動詞喔！

下面介紹一些初中級常作補助動詞的動詞用法對照。

ある　自動五

☞意義：有；在。用於表示無生命事物的存在。

例：つくえの上に　本が　ある。（在桌子上有書。）

～て ある

☞當補助動詞使用

☞意義：表示人為動作造成的狀態或結果

例：田中さんは　窓を　開けた。　　　←動作
（田中小姐打開窗戶。）
→窓が　開けて ある。（窗戶是開著的。）　←結果

いる　自動一

☞意義：有；在。使用於表示有生命事物的存在。

例：庭に　猫が　いる。（庭院裡有貓。）

～て いる

☞當補助動詞使用

※自動詞 / 他動詞 て いる

☞意義ａ：表示現在正在進行的動作或是動作的持續。

例：今　勉強して いる。（現在正在讀書。）

☞意義ｂ：表示長期間反覆進行或維持的行為、習慣。

例：毎朝　新聞を　読んで いる。（每天早上都會看報紙。）

※自動詞 て いる

☞意義：表示人為動作或非人為動作所造成的現狀或結果。

例：ドアが　開いて いる。　←可能是有人打開或被風吹開
（門開著。）

いく　自動五

☞意義：去，往。

例：図書館へ　行く。（去圖書館。）

〜て いく

☞當補助動詞使用

☞意義：表示以某個時間點爲基準，自那時間點起，某變化
持續發展或某行爲、動作繼續發展。

例：帰国してからも　日本語を　勉強して いくつもりです。
（打算回國後還是繼續學日文。）

くる　カ變動詞

☞意義：來。

例：会社へ　来る。（來公司。）

〜て くる

☞當補助動詞使用

☞意義：表示某變化持續發展或某行爲、動作從過去一直
持續至今。

例：卒業後、ずっと　この会社で　働いて きた。
（畢業後一直在這家公司上班。）

おく　他動五

☞意義：放置。

例：ここに　荷物を　置く。（在這裡放置行李。）

～て おく

☞當補助動詞使用

☞意義ａ：為了某目的而事先做的事前準備。

例：旅行の前に　ガイドブックを　読んで おきました。

（旅行前事先看了導覽書。）

☞意義ｂ：某行動結束後所做的事後處理。

例：パーティーの後で　ロビーを　掃除して おきます。

（宴會後要打掃大廳。）

☞意義ｃ：保持現狀的位置。

例：荷物は　そのテーブルに　置いて おく。

（行李就照原來那樣子擱在那張桌子上。）

しまう　他動五

☞意義：整理；結束。

例：はさみを　引き出しに　しまう。（將剪刀收到抽屜裡。）

～て しまう

☞當補助動詞使用

☞意義ａ：表示動作的完了。

例：この仕事が　終わって しまうと　出かける。

（這個工作結束的話要出門。）

☞意義ｂ：表示對某事含有遺憾、懊悔等感嘆的語氣。

例：彼女に　ばかなことを　言って しまって　大変だ。

（對她說了愚蠢的話，真是糟糕。）

みる 　[他動一]

☞意義：看，查閱，閱讀。

例：映画を　見る。（看電影。）

～て みる

☞當補助動詞使用

☞意義：表示嘗試做某事。

例：私が　やって みる。　（我試著做做看。）

みせる 　[他動一]

☞意義：出示。

例：友達に　写真を　見せる。（給朋友看照片。）

～て みせる

☞當補助動詞使用

☞意義：表示爲某人嘗試做某事。

例：あしたの試合には　きっと　勝って みせる。
　　（明天的比賽一定要贏給你看。）

やる　他動五

☞意義：做；給。

　　例：遅^{おそ}くまで　仕事^{しごと}を　やる。（工作到很晚。）

　　例：私^{わたし}は　妹^{いもうと}に　五百円^{ごひゃくえん}を　やった。（我給妹妹五百元。）

～て やる

☞當補助動詞使用

☞意義：表為～做，授受表現。使用於給晚輩或動、植物時。

　　例：私^{わたし}は　妹^{いもうと}に　ケーキを　買^かって やる。

　　　　（我買蛋糕給妹妹。）

くれる（くださる）

☞意義：（請參見本章〈授受表現〉）

～て くれる

☞當補助動詞使用

☞意義：（請參見本章〈授受表現〉）

もらう（いただく）

☞意義：（請參見本章〈授受表現〉）

～て もらう

☞當補助動詞使用

☞意義：（請參見本章〈授受表現〉）

五、複合動詞

（1）複合動詞的概念

　　所謂的複合動詞，簡單地說就是由兩個詞合在一起所組成的動詞。日文的動詞藉由這個方法，增加了很多的同伴。

（2）複合動詞的形態

　　大致上來說，複合動詞可以分成下列幾種：

●動詞＋動詞

　　由動詞與動詞所組成的複合動詞。此類型還可以分成——**「動詞て形＋動詞」**與**「動詞ます形去ます＋動詞」**。

　　「動詞て形＋動詞」請參閱前一節〈補助動詞〉。與前項補助動詞相較，第二類「動詞ます形去ます＋動詞」的複合動詞的語意接近兩個動詞意思的合併，後面的動詞保留較多原本的含義。

　　例：

　　読む（讀）＋始める（開始）➡読み始める（開始讀）
　　書く（寫）＋終わる（結束）➡書き終わる（寫完）
　　食べる（吃）＋すぎる（過度）➡食べすぎる（吃太多）...

● 名詞＋動詞

即由名詞與動詞所組成的複合動詞。

例：役（身分；職責）＋立つ（站立；確立）➡役立つ

（有幫助，有助益）

気（精神）＋付く（附著；伴隨）➡気付く

（注意到，察覺到）

● 形容詞語幹＋動詞

即由形容詞的語幹與動詞所組成的複合動詞。

例：近い（近的）＋寄る（接近）➡近寄る（靠近，走近）

若い（年輕的）＋返る（返回）➡若返る（變年輕）

動動手動動腦解答

★P.147

☞「東西的授受」

①あげました、あげました　②もらいました、もらいました

③あげました、あげました　④くれました、くれました

⑤もらいました、もらいました

★P.148〜149

☞「行為的授受」

①教えて あげます、教えて あげます

②教えて もらいます、教えて もらいます

③教えて あげます、教えて あげます

④教えて くれます、教えて くれます

⑤教えて もらいます、教えて もらいます

★P.162〜163

① ❶或❷

　分析：說話者（中村老師）地位較聽話者（田中同學）高，可用常體或敬體。

　　　　說話者（中村老師）地位較話題主角（田中同學）高，應使用一般動詞。

② ❹

　分析：說話者（田中同學）地位較聽話者（中村老師）低，應使用敬體。

　　　　話題主角為說話者（田中同學）自己，地位較聽話者（中村老師）低，應使用謙讓語。

③ ❻

分析：說話者（田中同學）地位較聽話者（中村老師）低，應使用敬體。

說話者（田中同學）地位較話題主角（中村老師）低，應使用尊敬語。

④ ❶或❷

分析：說話者（中村老師）地位較聽話者（田中同學）高，可用常體或敬體。

話題主角為說話者（中村老師）自己，地位較聽話者（田中同學）高，應使用一般動詞。

⑤ ❺或❻

分析：說話者（田中同學）地位與聽話者（鈴木同學）一樣，可用常體或敬體。

說話者（田中同學）地位較話題主角（山下老師）低，應使用尊敬語。

⑥ ❺或❻

分析：說話者（鈴木同學）地位與聽話者（田中同學）一樣，可用常體或敬體。

說話者（鈴木同學）地位較話題主角（山下老師）低，應使用尊敬語。

⑦ ❺或❻

分析：說話者（中村老師）地位較聽話者（田中同學）高，可用常體或敬體。

說話者（中村老師）與話題主角（田中同學的母親）關係疏遠，應使用尊敬語。

⑧ ❹

分析：說話者（田中同學）地位較聽話者（中村老師）低，
　　　應使用敬體。
　　　說話者（田中同學）地位雖然較話題主角（田中同學
　　　的母親）低，但與聽話者（中村老師）相比，話題主
　　　角屬於說話者關係較親密的人，因此應使用謙讓語。

【附錄】

初、中級必備動詞變化整理表

網羅日語能力檢定N4、N5範圍內所有動詞

五段動詞（第Ⅰ類動詞）…P179
一段動詞（第Ⅱ類動詞）…P191
力變‧サ變（第Ⅲ類動詞）…P197

註1：變化形中有括號（ ）者表示一般情況下不使用（或很少使用）該變化形。
註2：變化形中有星號※者表示不按照規則的特殊變化。

五段動詞（第Ⅰ類動詞）

辭書形（中文）	ます形	て形	た形	ない形	ば形	命令形	意向形
あ <ruby>会<rt>あ</rt></ruby>う（適合；一致）目	<ruby>会<rt>あ</rt></ruby>います	<ruby>会<rt>あ</rt></ruby>って	<ruby>会<rt>あ</rt></ruby>った	<ruby>会<rt>あ</rt></ruby>わない	<ruby>会<rt>あ</rt></ruby>えば	（<ruby>会<rt>あ</rt></ruby>え）	（<ruby>会<rt>あ</rt></ruby>おう）
<ruby>会<rt>あ</rt></ruby>う（見面）目	<ruby>会<rt>あ</rt></ruby>います	<ruby>会<rt>あ</rt></ruby>って	<ruby>会<rt>あ</rt></ruby>った	<ruby>会<rt>あ</rt></ruby>わない	<ruby>会<rt>あ</rt></ruby>えば	<ruby>会<rt>あ</rt></ruby>え	<ruby>会<rt>あ</rt></ruby>おう
<ruby>上<rt>あ</rt></ruby>がる（登上；上升）目	<ruby>上<rt>あ</rt></ruby>がります	<ruby>上<rt>あ</rt></ruby>がって	<ruby>上<rt>あ</rt></ruby>がった	<ruby>上<rt>あ</rt></ruby>がらない	<ruby>上<rt>あ</rt></ruby>がれば	<ruby>上<rt>あ</rt></ruby>がれ	<ruby>上<rt>あ</rt></ruby>がろう
<ruby>開<rt>あ</rt></ruby>く（開）目	<ruby>開<rt>あ</rt></ruby>きます	<ruby>開<rt>あ</rt></ruby>いて	<ruby>開<rt>あ</rt></ruby>いた	<ruby>開<rt>あ</rt></ruby>かない	<ruby>開<rt>あ</rt></ruby>けば	（<ruby>開<rt>あ</rt></ruby>け）	（<ruby>開<rt>あ</rt></ruby>こう）
<ruby>空<rt>あ</rt></ruby>く（空出）目	<ruby>空<rt>あ</rt></ruby>きます	<ruby>空<rt>あ</rt></ruby>いて	<ruby>空<rt>あ</rt></ruby>いた	<ruby>空<rt>あ</rt></ruby>かない	<ruby>空<rt>あ</rt></ruby>けば	（<ruby>空<rt>あ</rt></ruby>け）	（<ruby>空<rt>あ</rt></ruby>こう）
<ruby>遊<rt>あそ</rt></ruby>ぶ（遊玩）目	<ruby>遊<rt>あそ</rt></ruby>びます	<ruby>遊<rt>あそ</rt></ruby>んで	<ruby>遊<rt>あそ</rt></ruby>んだ	<ruby>遊<rt>あそ</rt></ruby>ばない	<ruby>遊<rt>あそ</rt></ruby>べば	<ruby>遊<rt>あそ</rt></ruby>べ	<ruby>遊<rt>あそ</rt></ruby>ぼう
<ruby>集<rt>あつ</rt></ruby>まる（聚集）目	<ruby>集<rt>あつ</rt></ruby>まります	<ruby>集<rt>あつ</rt></ruby>まって	<ruby>集<rt>あつ</rt></ruby>まった	<ruby>集<rt>あつ</rt></ruby>まらない	<ruby>集<rt>あつ</rt></ruby>まれば	<ruby>集<rt>あつ</rt></ruby>まれ	<ruby>集<rt>あつ</rt></ruby>まろう
<ruby>謝<rt>あやま</rt></ruby>る（道歉）目	<ruby>謝<rt>あやま</rt></ruby>ります	<ruby>謝<rt>あやま</rt></ruby>って	<ruby>謝<rt>あやま</rt></ruby>った	<ruby>謝<rt>あやま</rt></ruby>らない	<ruby>謝<rt>あやま</rt></ruby>れば	<ruby>謝<rt>あやま</rt></ruby>れ	<ruby>謝<rt>あやま</rt></ruby>ろう
<ruby>洗<rt>あら</rt></ruby>う（洗）他	<ruby>洗<rt>あら</rt></ruby>います	<ruby>洗<rt>あら</rt></ruby>って	<ruby>洗<rt>あら</rt></ruby>った	<ruby>洗<rt>あら</rt></ruby>わない	<ruby>洗<rt>あら</rt></ruby>えば	<ruby>洗<rt>あら</rt></ruby>え	<ruby>洗<rt>あら</rt></ruby>おう
ある（有；在）目	あります	あって	あった	※ない	あれば	（あれ）	（あろう）
<ruby>歩<rt>ある</rt></ruby>く（走路）目	<ruby>歩<rt>ある</rt></ruby>きます	<ruby>歩<rt>ある</rt></ruby>いて	<ruby>歩<rt>ある</rt></ruby>いた	<ruby>歩<rt>ある</rt></ruby>かない	<ruby>歩<rt>ある</rt></ruby>けば	<ruby>歩<rt>ある</rt></ruby>け	<ruby>歩<rt>ある</rt></ruby>こう

目＝自動詞　他＝他動詞

五段動詞（第Ⅰ類動詞）

辭書形（中文）		ます形	て形	た形	ない形	ば形	命令形	意向形
い								
言う（說）他		言います	言って	言った	言わない	言えば	言え	言おう
行く（去）自		行きます	行って	行った	行かない	行けば	行け	行こう
急ぐ（急忙）自		急ぎます	急いで	急いだ	急がない	急げば	急げ	急ごう
いたす〈謙讓語〉做 他		いたします	いたして	いたした	いたさない	いたせば	いたせ	いたそう
いただく〈謙讓語〉接受;吃、喝 他		いただきます	いただいて	いただいた	いただかない	いただけば	いただけ	いただこう
祈る（祈禱）他		祈ります	祈って	祈った	祈らない	祈れば	祈れ	祈ろう
いらっしゃる〈尊敬語〉來;去;在 自		いらっしゃいます	いらっしゃって	いらっしゃった	いらっしゃらない	いらっしゃれば	（いらっしゃれ）	（いらっしゃろう）
う								
要る（需要）自		要ります	要って	要った	要らない	要れば	（要れ）	（要ろう）
伺う〈謙讓語〉拜訪;詢問 他		伺います	伺って	伺った	伺わない	伺えば	伺え	伺おう
動く（移動）自		動きます	動いて	動いた	動かない	動けば	動け	動こう
歌う（唱歌）他		歌います	歌って	歌った	歌わない	歌えば	歌え	歌おう
打つ（拍·打）他		打ちます	打って	打った	打たない	打てば	打て	打とう
写す（抄寫;拍照）他		写します	写して	写した	写さない	写せば	写せ	写そう
移る（遷移）自		移ります	移って	移った	移らない	移れば	移れ	移ろう

自＝自動詞　他＝他動詞

五段動詞（第Ⅰ類動詞）

辞書形（中文）	ます形	て形	た形	ない形	ば形	命令形	意向形
売る（賣）他	売ります	売って	売った	売らない	売れば	売れ	売ろう
選ぶ（選擇）他	選びます	選んで	選んだ	選ばない	選べば	選べ	選ぼう
置く（放置）他	置きます	置いて	置いた	置かない	置けば	置け	置こう
送る（寄送；送行）他	送ります	送って	送った	送らない	送れば	送れ	送ろう
起こす（喚醒）他	起こします	起こして	起こした	起こさない	起こせば	起こせ	起こそう
行う（舉行）他	行います	行って	行った	行わない	行えば	行え	行おう
怒る（生氣）自	怒ります	怒って	怒った	怒らない	怒れば	怒れ	怒ろう
押す（推；按；壓）他	押します	押して	押した	押さない	押せば	押せ	押そう
おっしゃる（尊敬語：說）他	おっしゃいます	おっしゃって	おっしゃった	おっしゃらない	おっしゃれば	（おっしゃれ）	（おっしゃろう）
落とす（掉落；丟失）他	落とします	落として	落とした	落とさない	落とせば	落とせ	落とそう
踊る（跳舞）自	踊ります	踊って	踊った	踊らない	踊れば	踊れ	踊ろう
驚く（驚訝）自	驚きます	驚いて	驚いた	驚かない	驚けば	驚け	（驚こう）
思い出す（想起）他	思い出します	思い出して	思い出した	思い出さない	思い出せば	思い出せ	思い出そう
思う（想，認為）他	思います	思って	思った	思わない	思えば	思え	思おう
泳ぐ（游泳）自	泳ぎます	泳いで	泳いだ	泳がない	泳げば	泳げ	泳ごう

自＝自動詞　他＝他動詞

五段動詞（第Ⅰ類動詞）

辞書形（中文）	ます形	て形	た形	ない形	ば形	命令形	意向形
おる《謙讓語》有;在 自	おります	おって	おった	おらない	おれば	(おれ)	おろう
折る(折) 他	折ります	折って	折った	折らない	折れば	折れ	折ろう
終わる(結束) 自他	終わります	終わって	終わった	終わらない	終われば	終われ	終わろう
買う(買) 他	買います	買って	買った	買わない	買えば	買え	買おう
返す(歸還) 他	返します	返して	返した	返さない	返せば	返せ	返そう
帰る(回家) 自	帰ります	帰って	帰った	帰らない	帰れば	帰れ	帰ろう
かかる(花費・需要) 自	かかります	かかって	かかった	かからない	かかれば	(かかれ)	(かかろう)
書く(寫) 他	書きます	書いて	書いた	書かない	書けば	書け	書こう
飾る(裝飾) 他	飾ります	飾って	飾った	飾らない	飾れば	飾れ	飾ろう
貸す(借〈出〉) 他	貸します	貸して	貸した	貸さない	貸せば	貸せ	貸そう
勝つ(勝利) 自	勝ちます	勝って	勝った	勝たない	勝てば	勝て	勝とう
かぶる(戴〈帽子〉) 他	かぶります	かぶって	かぶった	かぶらない	かぶれば	かぶれ	かぶろう
かまう《常接否定》關係・介意 自	かまいます	かまって	かまった	かまわない	かまえば	かまえ	かまおう
噛む(咬) 他	噛みます	噛んで	噛んだ	噛まない	噛めば	噛め	噛もう
通う(往返) 自	通います	通って	通った	通わない	通えば	通え	通おう

自＝自動詞 他＝他動詞

五段動詞（第Ⅰ類動詞）

辞書形（中文）	ます形	て形	た形	ない形	ば形	命令形	意向形
乾く（乾）自	乾きます	乾いて	乾いた	乾かない	乾けば	（乾け）	（乾こう）
変わる（改變）自	変わります	変わって	変わった	変わらない	変われば	変われ	変わろう
頑張る（努力）自	頑張ります	頑張って	頑張った	頑張らない	頑張れば	頑張れ	頑張ろう
聞く（聽；問）他	聞きます	聞いて	聞いた	聞かない	聞けば	聞け	聞こう
決まる（決定）自	決まります	決まって	決まった	決まらない	決まれば	決まれ	決まろう
切る（切；剪）他	切ります	切って	切った	切らない	切れば	切れ	切ろう
くださる（〈尊敬語〉給〈我〉）他	くださいます	くださって	くださった	くださらない	くだされば	（くだされ）	（くださろう）
曇る（天陰）自	曇ります	曇って	曇った	曇らない	曇れば	（曇れ）	（曇ろう）
消す（消除；關〈電器〉）他	消します	消して	消した	消さない	消せば	消せ	消そう
困る（困擾）自	困ります	困って	困った	困らない	困れば	困れ	困ろう
込む（擁擠）自	込みます	込んで	込んだ	込まない	込めば	（込め）	（込もう）
壊す（毀壞）他	壊します	壊して	壊した	壊さない	壊せば	壊せ	壊そう
探す（尋找）他	探します	探して	探した	探さない	探せば	探せ	探そう
下がる（下降；退後）自	下がります	下がって	下がった	下がらない	下がれば	下がれ	下がろう
咲く（開〈花〉）自	咲きます	咲いて	咲いた	咲かない	咲けば	（咲け）	（咲こう）

自＝自動詞　他＝他動詞

五段動詞（第Ⅰ類動詞）

辭書形（中文）	ます形	て形	た形	ない形	ば形	命令形	意向形
さす（撐〈傘〉）他	さします	さして	さした	ささない	させば	させ	させそう
騒ぐ（喧鬧）自	騒ぎます	騒いで	騒いだ	騒がない	騒げば	騒げ	騒ごう
触る（觸・碰）自	触ります	触って	触った	触らない	触れば	触れ	触ろう
叱る（責罵）他	叱ります	叱って	叱った	叱らない	叱れば	叱れ	叱ろう
死ぬ（死）自	死にます	死んで	死んだ	死なない	死ねば	死ね	死のう
閉まる（關閉）自	閉まります	閉まって	閉まった	閉まらない	閉まれば	（閉まれ）	（閉まろう）
知る（認識；知道）他	知ります	知って	知った	知らない	知れば	知れ	知ろう
吸う（吸〈菸〉）他	吸います	吸って	吸った	吸わない	吸えば	吸え	吸おう
空く（有空間；〈肚子〉餓）自	空きます	空いて	空いた	空かない	空けば	（空け）	（空こう）
進む（進行；前進）自	進みます	進んで	進んだ	進まない	進めば	進め	進もう
滑る（滑〈倒〉）自	滑ります	滑って	滑った	滑らない	滑れば	滑れ	滑ろう
住む（居住）自	住みます	住んで	住んだ	住まない	住めば	住め	住もう
済む（完成・結束）自	済みます	済んで	済んだ	済まない	済めば	（済め）	（済もう）
座る（坐）自	座ります	座って	座った	座らない	座れば	座れ	座ろう
足す（添加）他	足します	足して	足した	足さない	足せば	足せ	足そう

自＝自動詞　他＝他動詞

五段動詞（第Ⅰ類動詞）

辭書形（中文）	ます形	て形	た形	ない形	ば形	命令形	意向形
出す（取出）他	出します	出して	出した	出さない	出せば	出せ	出そう
立つ（站立）自	立ちます	立って	立った	立たない	立てば	立て	立とう
楽しむ（享受；期待）他	楽しみます	楽しんで	楽しんだ	楽しまない	楽しめば	楽しめ	楽しもう
頼む（請託）他	頼みます	頼んで	頼んだ	頼まない	頼めば	頼め	頼もう
違う（不正確）自	違います	違って	違った	違わない	違えば	(違え)	(違おう)
使う（使用）他	使います	使って	使った	使わない	使えば	使え	使おう
つく（〈燈〉點著）自	つきます	ついて	ついた	つかない	つけば	(つけ)	(つこう)
着く（到達）自	着きます	着いて	着いた	着かない	着けば	着け	着こう
作る（製作）他	作ります	作って	作った	作らない	作れば	作れ	作ろう
続く（持續）自	続きます	続いて	続いた	続かない	続けば	続け	続こう
包む（包）他	包みます	包んで	包んだ	包まない	包めば	包め	包もう
釣る（釣）他	釣ります	釣って	釣った	釣らない	釣れば	釣れ	釣ろう
手伝う（幫忙）他	手伝います	手伝って	手伝った	手伝わない	手伝えば	手伝え	手伝おう
通る（通過）自	通ります	通って	通った	通らない	通れば	通れ	通ろう
飛ぶ（飛）自	飛びます	飛んで	飛んだ	飛ばない	飛べば	飛べ	飛ぼう

自＝自動詞　他＝他動詞

五段動詞（第Ｉ類動詞）

辭書形（中文）	ます形	て形	た形	ない形	ば形	命令形	意向形
止まる（停止）自	止まります	止まって	止まった	止まらない	止まれば	止まれ	止まろう
泊まる（住宿）自	泊まります	泊まって	泊まった	泊まらない	泊まれば	泊まれ	泊まろう
取る（拿取）他	取ります	取って	取った	取らない	取れば	取れ	取ろう
撮る（照相）他	撮ります	撮って	撮った	撮らない	撮れば	撮れ	撮ろう
直す（修理；修正）他	直します	直して	直した	直さない	直せば	直せ	直そう
直る（復原；修好）自	直ります	直って	直った	直らない	直れば	（直れ）	（直ろう）
治る（治癒）自	治ります	治って	治った	治らない	治れば	（治れ）	（治ろう）
泣く（哭泣）自	泣きます	泣いて	泣いた	泣かない	泣けば	泣け	泣こう
鳴く（〈鳥獸〉鳴叫）自	鳴きます	鳴いて	鳴いた	鳴かない	鳴けば	鳴け	鳴こう
無くす（丟失）他	無くします	無くして	無くした	無くさない	無くせば	（無くせ）	（無くそう）
無くなる（丟失；消失；用盡）自	無くなります	無くなって	無くなった	無くならない	無くなれば	（無くなれ）	（無くなろう）
亡くなる（去世）自	亡くなります	亡くなって	亡くなった	亡くならない	亡くなれば	（亡くなれ）	（亡くなろう）
なさる（〈尊敬語〉做）他	なさいます	なさって	なさった	なさらない	なされば	（なされ）	（なさろう）
習う（學習）他	習います	習って	習った	習わない	習えば	習え	習おう
並ぶ（排列；排隊）自	並びます	並んで	並んだ	並ばない	並べば	並べ	並ぼう

自＝自動詞　他＝他動詞

五段動詞（第 I 類動詞）

辞書形（中文）	ます形	て形	た形	ない形	ば形	命令形	意向形
なる（到;成為）自	なります	なって	なった	ならない	なれば	なれ	なろう
鳴る（響・鳴）自	鳴ります	鳴って	鳴った	鳴らない	鳴れば	鳴れ	鳴ろう
ぬ 脱ぐ（脱）他	脱ぎます	脱いで	脱いだ	脱がない	脱げば	脱げ	脱ごう
盗む（偷竊）他	盗みます	盗んで	盗んだ	盗まない	盗めば	盗め	盗もう
塗る（塗抹）他	塗ります	塗って	塗った	塗らない	塗れば	塗れ	塗ろう
ね 眠る（睡眠）自	眠ります	眠って	眠った	眠らない	眠れば	眠れ	眠ろう
の 残る（剩餘;留下）自	残ります	残って	残った	残らない	残れば	残れ	残ろう
登る（登・上）自	登ります	登って	登った	登らない	登れば	登れ	登ろう
飲む（喝;吃〈薬〉）他	飲みます	飲んで	飲んだ	飲まない	飲めば	飲め	飲もう
乗る（乘坐）自	乗ります	乗って	乗った	乗らない	乗れば	乗れ	乗ろう
は 入る（進入）自	入ります	入って	入った	入らない	入れば	入れ	入ろう
履く（穿〈鞋・襪〉）他	履きます	履いて	履いた	履かない	履けば	履け	履こう
穿く（穿〈褲・裙〉）他	穿きます	穿いて	穿いた	穿かない	穿けば	穿け	穿こう
運ぶ（搬運）他	運びます	運んで	運んだ	運ばない	運べば	運べ	運ぼう
始まる（開始）自	始まります	始まって	始まった	始まらない	始まれば	（始まれ）	（始まろう）

自＝自動詞　他＝他動詞

五段動詞（第Ⅰ類動詞）

辞書形（中文）	ます形	て形	た形	ない形	ば形	命令形	意向形
走る（跑）自	走ります	走って	走った	走らない	走れば	走れ	走ろう
働く（工作）自	働きます	働いて	働いた	働かない	働けば	働け	働こう
話す（說話）他	話します	話して	話した	話さない	話せば	話せ	話そう
払う（付〈錢〉）他	払います	払って	払った	払わない	払えば	払え	払おう
貼る（貼）他	貼ります	貼って	貼った	貼らない	貼れば	貼れ	貼ろう
光る（發亮）自	光ります	光って	光った	光らない	光れば	（光れ）	（光ろう）
引く（拉；患〈感冒〉；查〈字典〉）他	引きます	引いて	引いた	引かない	引けば	引け	引こう
弾く（彈奏）他	弾きます	弾いて	弾いた	弾かない	弾けば	弾け	弾こう
引っ越す（搬家）自	引っ越します	引っ越して	引っ越した	引っ越さない	引っ越せば	引っ越せ	引っ越そう
開く（打開；展辦）他	開きます	開いて	開いた	開かない	開けば	開け	開こう
拾う（撿拾）他	拾います	拾って	拾った	拾わない	拾えば	拾え	拾おう
吹く（吹）自他	吹きます	吹いて	吹いた	吹かない	吹けば	吹け	吹こう
太る（胖）自	太ります	太って	太った	太らない	太れば	太れ	太ろう
踏む（踩踏）他	踏みます	踏んで	踏んだ	踏まない	踏めば	踏め	踏もう
降る（下〈雨〉）自	降ります	降って	降った	降らない	降れば	降れ	降ろう

自＝自動詞　他＝他動詞

五段動詞（第Ｉ類動詞）

辞書形（中文）	ます形	て形	た形	ない形	ば形	命令形	意向形
ま 参る《〈謙讓語〉去；來》自	参ります	参って	参った	参らない	参れば	（参れ）	（参ろう）
曲がる《轉彎；彎曲》自	曲がります	曲がって	曲がった	曲がらない	曲がれば	曲がれ	曲がろう
待つ《等待》他	待ちます	待って	待った	待たない	待てば	待て	待とう
間に合う《來得及》自	間に合います	間に合って	間に合った	間に合わない	間に合えば	（間に合え）	（間に合おう）
み 回る《旋轉》自	回ります	回って	回った	回らない	回れば	回れ	回ろう
磨く《刷；磨》他	磨きます	磨いて	磨いた	磨かない	磨けば	磨け	磨こう
む 見つかる《發現》自	見つかります	見つかって	見つかった	見つからない	見つかれば	（見つかれ）	（見つかろう）
向かう《向著；前往》自	向かいます	向かって	向かった	向かわない	向かえば	向かえ	向かおう
め 召し上がる《〈尊敬語〉吃；喝》他	召し上がります	召し上がって	召し上がった	召し上がらない	召し上がれば	（召し上がれ）	（召し上がろう）
も 申す《〈謙讓語〉說》他	申します	申して	申した	申さない	申せば	（申せ）	（申そう）
持つ《拿；持有》他	持ちます	持って	持った	持たない	持てば	持て	持とう
戻る《返回》自	戻ります	戻って	戻った	戻らない	戻れば	戻れ	戻ろう
もらう《領受》他	もらいます	もらって	もらった	もらわない	もらえば	もらえ	もらおう
や 焼く《燒、烤》他	焼きます	焼いて	焼いた	焼かない	焼けば	焼け	焼こう
休む《休息；請假》自他	休みます	休んで	休んだ	休まない	休めば	休め	休もう

自＝自動詞　他＝他動詞

五段動詞（第Ⅰ類動詞）

辭書形（中文）		ます形	て形	た形	ない形	ば形	命令形	意向形
止む（〈風、雨等〉停歇）	自	止みます	止んで	止んだ	止まない	止めば	（止め）	（止もう）
やる（《對同輩或晚輩》做）	他	やります	やって	やった	やらない	やれば	やれ	やろう
遣る（《對同輩或晚輩》給）	他	遣ります	遣って	遣った	遣らない	遣れば	遣れ	遣ろう
呼ぶ（呼叫；稱作）	他	呼びます	呼んで	呼んだ	呼ばない	呼べば	呼べ	呼ぼう
読む（閱讀；唸）	他	読みます	読んで	読んだ	読まない	読めば	読め	読もう
寄る（靠近；順道去）	自	寄ります	寄って	寄った	寄らない	寄れば	寄れ	寄ろう
喜ぶ（喜悅）	自他	喜びます	喜んで	喜んだ	喜ばない	喜べば	喜べ	喜ぼう
沸かす（煮沸・燒熱）	他	沸かします	沸かして	沸かした	沸かさない	沸かせば	沸かせ	沸かそう
沸く（沸騰）	自	沸きます	沸いて	沸いた	沸かない	沸けば	（沸け）	（沸こう）
分かる（知道；懂）	自	分かります	分かって	分かった	分からない	分かれば	（分かれ）	（分かろう）
渡す（交付）	他	渡します	渡して	渡した	渡さない	渡せば	渡せ	渡そう
渡る（越過・渡過）	自	渡ります	渡って	渡った	渡らない	渡れば	渡れ	渡ろう
笑う（笑）	自他	笑います	笑って	笑った	笑わない	笑えば	笑え	笑おう

自＝自動詞　他＝他動詞

一段動詞（第 II 類動詞）

辭書形（中文）	ます形	て形	た形	ない形	ば形	命令形	意向形
あ 開ける（打開）他	開けます	開けて	開けた	開けない	開ければ	開けろ	開けよう
あげる（給・送）他	あげます	あげて	あげた	あげない	あげれば	あげろ	あげよう
上げる（拾・舉）他	上げます	上げて	上げた	上げない	上げれば	上げろ	上げよう
集める（集中；收集）他	集めます	集めて	集めた	集めない	集めれば	集めろ	集めよう
浴びる（淋浴）他	浴びます	浴びて	浴びた	浴びない	浴びれば	浴びろ	浴びよう
い 生きる（活著）自	生きます	生きて	生きた	生きない	生きれば	生きろ	生きよう
いじめる（欺負）他	いじめます	いじめて	いじめた	いじめない	いじめれば	いじめろ	いじめよう
居る（有；在）自	居ます	居て	居た	居ない	居れば	居ろ	居よう
う 入れる（放入）他	入れます	入れて	入れた	入れない	入れれば	入れろ	入れよう
植える（種植）他	植えます	植えて	植えた	植えない	植えれば	植えろ	植えよう
受ける（接受）他	受けます	受けて	受けた	受けない	受ければ	受けろ	受けよう
生まれる（出生）自	生まれます	生まれて	生まれた	生まれない	生まれれば	(生まれろ)	(生まれよう)
お 起きる（起床）自	起きます	起きて	起きた	起きない	起きれば	起きろ	起きよう
遅れる（遲到）自	遅れます	遅れて	遅れた	遅れない	遅れれば	(遅れろ)	(遅れよう)
教える（教；告知）他	教えます	教えて	教えた	教えない	教えれば	教えろ	教えよう

自＝自動詞　他＝他動詞

一段動詞（第 II 類動詞）

辭書形（中文）		ます形	て形	た形	ない形	ば形	命令形	意向形
落ちる（掉落；降低）	自	落ちます	落ちて	落ちた	落ちない	落ちれば	落ちろ	落ちよう
覚える（記憶；背誦）	他	覚えます	覚えて	覚えた	覚えない	覚えれば	覚えろ	覚えよう
降りる（《從交通工具等下來》）	自	降ります	降りて	降りた	降りない	降りれば	降りろ	降りよう
下りる（《從高處下來》）	自	下ります	下りて	下りた	下りない	下りれば	下りろ	下りよう
折れる（折《斷》）	自	折れます	折れて	折れた	折れない	折れれば	(折れろ)	(折れよう)
変える（改變）	他	変えます	変えて	変えた	変えない	変えれば	変えろ	変えよう
かける（打《電話》）	他	かけます	かけて	かけた	かけない	かければ	かけろ	かけよう
かける（懸掛）	他	かけます	かけて	かけた	かけない	かければ	かけろ	かけよう
かける（坐《在～》）	他	かけます	かけて	かけた	かけない	かければ	かけろ	かけよう
かける（使遭受）	他	かけます	かけて	かけた	かけない	かければ	かけろ	かけよう
片付ける（收拾）	他	片付けます	片付けて	片付けた	片付けない	片付ければ	片付けろ	片付けよう
借りる（借《入》）	他	借ります	借りて	借りた	借りない	借りれば	借りろ	借りよう
考える（思考）	他	考えます	考えて	考えた	考えない	考えれば	考えろ	考えよう
消える（熄滅；消失）	自	消えます	消えて	消えた	消えない	消えれば	消えろ	消えよう
聞こえる（聽得見）	自	聞こえます	聞こえて	聞こえた	聞こえない	聞こえれば	(聞こえろ)	(聞こえよう)

自＝自動詞　他＝他動詞

一段動詞（第Ⅱ類動詞）

辭書形（中文）	ます形	て形	た形	ない形	ば形	命令形	意向形
決める（決定）他	決めます	決めて	決めた	決めない	決めれば	決めろ	決めよう
く　着る（穿〈衣服〉）他	着ます	着て	着た	着ない	着れば	着ろ	着よう
比べる（比較）他	比べます	比べて	比べた	比べない	比べれば	比べろ	比べよう
くれる（給〈我〉）他	くれます	くれて	くれた	くれない	くれれば	※くれ	(くれよう)
暮れる（天黑；歲暮）自	暮れます	暮れて	暮れた	暮れない	暮れれば	(暮れろ)	(暮れよう)
こ　答える（回答）自	答えます	答えて	答えた	答えない	答えれば	答えろ	答えよう
さ　壊れる（毀壞）自	壊れます	壊れて	壊れた	壊れない	壊れれば	(壊れろ)	(壊れよう)
下げる（降低）他	下げます	下げて	下げた	下げない	下げれば	下げろ	下げよう
差し上げる（〈謙讓語〉給）他	差し上げます	差し上げて	差し上げた	差し上げない	差し上げれば	(差し上げろ)	差し上げよう
し　閉める（關）他	閉めます	閉めて	閉めた	閉めない	閉めれば	閉めろ	閉めよう
締める（繫緊）他	締めます	締めて	締めた	締めない	締めれば	締めろ	締めよう
知らせる（通知）他	知らせます	知らせて	知らせた	知らせない	知らせれば	知らせろ	知らせよう
調べる（調査）他	調べます	調べて	調べた	調べない	調べれば	調べろ	調べよう
す　過ぎる（超過）自	過ぎます	過ぎて	過ぎた	過ぎない	過ぎれば	(過ぎろ)	(過ぎよう)
捨てる（丟棄）他	捨てます	捨てて	捨てた	捨てない	捨てれば	捨てろ	捨てよう

自＝自動詞　他＝他動詞

一段動詞（第 II 類動詞）

辞書形（中文）	ます形	て形	た形	ない形	ば形	命令形	意向形
育てる（養育）他	育てます	育てて	育てた	育てない	育てれば	育てろ	育てよう
倒れる（倒下）自	倒れます	倒れて	倒れた	倒れない	倒れれば	倒れろ	倒れよう
訪ねる（拜訪）他	訪ねます	訪ねて	訪ねた	訪ねない	訪ねれば	訪ねろ	訪ねよう
尋ねる（詢問）他	尋ねます	尋ねて	尋ねた	尋ねない	尋ねれば	尋ねろ	尋ねよう
立てる（立起；訂定）他	立てます	立てて	立てた	立てない	立てれば	立てろ	立てよう
建てる（建造）他	建てます	建てて	建てた	建てない	建てれば	建てろ	建てよう
食べる（吃）他	食べます	食べて	食べた	食べない	食べれば	食べろ	食べよう
足りる（足夠）自	足ります	足りて	足りた	足りない	足りれば	（足りろ）	（足りよう）
捕まえる（抓住）他	捕まえます	捕まえて	捕まえた	捕まえない	捕まえれば	捕まえろ	捕まえよう
疲れる（疲累）自	疲れます	疲れて	疲れた	疲れない	疲れれば	（疲れろ）	（疲れよう）
つける（點燃；打開〈電器〉）他	つけます	つけて	つけた	つけない	つければ	つけろ	つけよう
漬ける（醃漬；浸）他	漬けます	漬けて	漬けた	漬けない	漬ければ	漬けろ	漬けよう
伝える（傳達）他	伝えます	伝えて	伝えた	伝えない	伝えれば	伝えろ	伝えよう
続ける（繼續）他	続けます	続けて	続けた	続けない	続ければ	続けろ	続けよう
勤める（任職）他	勤めます	勤めて	勤めた	勤めない	勤めれば	勤めろ	勤めよう

自＝自動詞　他＝他動詞

一段動詞（第II類動詞）

辞書形（中文）	ます形	て形	た形	ない形	ば形	命令形	意向形
連れる（帶領）他	連れます	連れて	連れた	連れない	連れれば	連れろ	連れよう
出かける（出門）自	出かけます	出かけて	出かけた	出かけない	出かければ	出かけろ	出かけよう
できる（會；能；完成）自	できます	できて	できた	できない	できれば	（できろ）	（できよう）
出る（出來；出去）自	出ます	出て	出た	出ない	出れば	出ろ	出よう
届ける（遞送）他	届けます	届けて	届けた	届けない	届ければ	届けろ	届けよう
止める（停下；止住）他	止めます	止めて	止めた	止めない	止めれば	止めろ	止めよう
取り替える（更換）他	取り替えます	取り替えて	取り替えた	取り替えない	取り替えれば	取り替えろ	取り替えよう
投げる（投擲）他	投げます	投げて	投げた	投げない	投げれば	投げろ	投げよう
並べる（排列）他	並べます	並べて	並べた	並べない	並べれば	並べろ	並べよう
慣れる（習慣）自	慣れます	慣れて	慣れた	慣れない	慣れれば	慣れろ	慣れよう
逃げる（逃跑）自	逃げます	逃げて	逃げた	逃げない	逃げれば	逃げろ	逃げよう
似る（相似）自	似ます	似て	似た	似ない	似れば	（似ろ）	（似よう）
濡れる（弄濕）自	濡れます	濡れて	濡れた	濡れない	濡れれば	（濡れろ）	（濡れよう）
寝る（睡覺）自	寝ます	寝て	寝た	寝ない	寝れば	寝ろ	寝よう
乗り換える（轉搭）自他	乗り換えます	乗り換えて	乗り換えた	乗り換えない	乗り換えれば	乗り換えろ	乗り換えよう

つ　で　と　な　に　ぬ　ね　の

自＝自動詞　他＝他動詞

一段動詞（第II類動詞）

辞書形（中文）	ます形	て形	た形	ない形	ば形	命令形	意向形
は 始める（開始）他	始めます	始めて	始めた	始めない	始めれば	始めろ	始めよう
ひ 晴れる（天晴）自	晴れます	晴れて	晴れた	晴れない	晴れれば	晴れろ	晴れよう
冷える（變冷；感覺冷）自	冷えます	冷えて	冷えた	冷えない	冷えれば	冷えろ	冷えよう
ふ 増える（増加）自	増えます	増えて	増えた	増えない	増えれば	増えろ	増えよう
ほ 褒める（稱讚）他	褒めます	褒めて	褒めた	褒めない	褒めれば	褒めろ	褒めよう
ま 負ける（輸）自	負けます	負けて	負けた	負けない	負ければ	負けろ	負けよう
間違える（弄錯）他	間違えます	間違えて	間違えた	間違えない	間違えれば	(間違えろ)	間違えよう
み 見える（看得見）自	見えます	見えて	見えた	見えない	見えれば	(見えろ)	見えよう
見せる（給人看）他	見せます	見せて	見せた	見せない	見せれば	見せろ	見せよう
見つける（找出）他	見つけます	見つけて	見つけた	見つけない	見つければ	見つけろ	見つけよう
む 見る（看）他	見ます	見て	見た	見ない	見れば	見ろ	見よう
迎える（迎接）他	迎えます	迎えて	迎えた	迎えない	迎えれば	迎えろ	迎えよう
も 申し上げる〈謙讓語〈説〉〉他	申し上げます	申し上げて	申し上げた	申し上げない	申し上げれば	(申し上げろ)	申し上げよう
や 焼ける（著火；烤熱）自	焼けます	焼けて	焼けた	焼けない	焼ければ	(焼けろ)	(焼けよう)
痩せる（變瘦）自	痩せます	痩せて	痩せた	痩せない	痩せれば	痩せろ	痩せよう

自＝自動詞　他＝他動詞

一段動詞（第II類動詞）

辭書形（中文）		ます形	て形	た形	ない形	ば形	命令形	意向形
やめる（終止；取消）他		やめます	やめて	やめた	やめない	やめれば	やめろ	やめよう
揺れる（搖動）自		揺れます	揺れて	揺れた	揺れない	揺れれば	（揺れろ）	（揺れよう）
汚れる（弄髒）自		汚れます	汚れて	汚れた	汚れない	汚れれば	（汚れろ）	（汚れよう）
別れる（分離）自		別れます	別れて	別れた	別れない	別れれば	別れろ	別れよう
忘れる（忘記）他		忘れます	忘れて	忘れた	忘れない	忘れれば	忘れろ	忘れよう
割れる（破裂）自		割れます	割れて	割れた	割れない	割れれば	（割れろ）	（割れよう）

サ變動詞（第III類動詞）

辭書形（中文）		ます形	て形	た形	ない形	ば形	命令形	意向形
する（做）他		します	して	した	しない	すれば	しろ	しよう
結婚する（結婚）自		結婚します	結婚して	結婚した	結婚しない	結婚すれば	結婚しろ	結婚しよう

カ變動詞（第III類動詞）

辭書形（中文）		ます形	て形	た形	ない形	ば形	命令形	意向形
来る（來）自		来ます	来て	来た	来ない	来れば	来い	来よう

自＝自動詞　他＝他動詞